너는 사람이 아니야. 왕이다.

옛 원칙의 마법기사

The fairy knight lives with old rules

기사는 진실만을 말한다.
A Knight Tells Only the Truth

그 마음에 용기의 불을 밝히어.
Their Bravery Glimmers in Their Hearts

그 검은 약자를 지키고.
Their Swords Defend the Defenseless

그 힘은 선을 지지하며.
Their Power Sustains Virtue

그 분노는— 악을 멸한다.
And Their Anger...Destroys Evil

옛 원칙의 마법기사

The fairy knight lives with old rules

IV

히츠지 타로 지음
토사카 아사기 일러스트
송재희 옮김

The fairy knight lives
with old rules

앨빈

캘바니아 왕국의 왕자. 기사가 되어 왕위 계승권을 얻고 사양길인 조국을 구하기 위해 시드에게 가르침을 받는다.

시드

「전설 시대 최강의 기사」라고 칭송받았던 남자. 현대에 되살아나 낙오자가 모인 블리체 학급의 교관이 된다.

이자벨라

반인반요정족 여성. 옛 맹약에 따라 캘바니아 왕가를 수호하며 반인반요정의 힘을 빌려주는 「호반의 여인」들의 수장.

텐코

귀미인이라고 불리는 아인족 소녀. 앨빈의 아버지에게 거둬져 앨빈과는 자매처럼 자랐다.

'STUDENT

크리스토퍼

변방 시골 농가의 아들. 스스로 아군의 방패가 되는 등 터프한 싸움 방식이 특기이다.

일레인

명문 기사 집안 출신의 귀족 영애였다. 검격은 최하위지만 이론이나 검술은 학교 내에서 정상급.

세오도르

슬럼가의 고아원 출신으로 지적인 외모와 어울리지 않게 상당한 불량소년. 실은 소매치기가 특기이다.

리네트

가난한 몰락 귀족의 장녀. 동물에게 사랑받는 타입으로 승마 실력은 블리체 학급 제일.

KEY WORD

요정검

옛 맹약에 따라, 사람의 좋은 이웃인 요정들이 검으로 화신한 존재. 기사는 이 요정검을 손에 들어서 신체 능력과 자기 치유 능력을 향상하고 다양한 마법의 힘을 행사할 수 있다.

블리체 학급

캘바니아 왕립 요정기사 학교에 존재하는 기사 학급 중 하나. 자유와 양심을 존중하며 자기 자신이 믿는 정의와 신념을 중시한다. 막 신설된 학급이라 학생의 경향은 논할 수 없지만, 굳이 따지자면 개성이 풍부하다. 《야만인》 시드 블리체의 이름을 따왔다.

캘바니아성과 요정계

왕국을 세웠을 때 호반의 여인들과 거인족 장인들이 힘을 합쳐 건축했다고 한다.

사람이나 동물 같은 물질적 생명이 사는 《물질계》와 요정이나 요마와 같은 개념적 생명이 사는 《요정계》라는 두 세계가 존재하고, 캘바니아성은 그 사이에 있다.

서장 겨울에 숨은 어둠

"마침내 때가 됐어요."

탁. 책을 덮는 소리와 함께 검은 로브를 걸친 요염한 마녀 플로라가 말했다.

그 어깨에는 꺼림칙한 분위기의 까마귀 한 마리가 앉아 있었다.

플로라에게 보고를 마친 까마귀는 어깨에서 날아올라 마치 처음부터 없었던 것처럼 위쪽 어둠 속으로 녹아들어 사라졌다.

1년 내내 지옥 같은 냉기와 눈과 얼음에 휩싸여 있는 영구 동토의 땅, 북쪽 마국 다크네시아. 멸망한 마도의 중심에 거인처럼 우뚝 선 다크네시아성의 알현실.

플로라가 꺼낸 말을 듣고 그때까지 옥좌에 울적하게 앉아 있던 소녀가 벌떡 일어났다.

검은색 고딕 드레스를 입고 긴 은발을 늘어뜨린 소녀—엔데아였다.

"저, 정말?! 정말로 준비가 끝났어?!"

엔데아가 플로라에게 달려가 그 손을 잡았다.

"네, 정말이에요, 귀여운 주인님."

플로라는 요요하게 웃으며 사랑스럽다는 듯 엔데아의 뺨을 쓰다듬었다.

"조금 전에 일각수 경과 사자 경으로부터 연락이 왔어요. 드디어 「촉매」가 전부 모였어요. 이제 때를 기다렸다가 계획을 실행하기만 하면 돼요."

"그, 그럼…… 드디어…… 드디어 증오스러운 앨빈의 코를 납작하게 만들 수 있는 거지……?!"

꽃이 피어나듯 엔데아가 활짝 웃었다.

"네, 그럼요. 그리고 그때가 바로 당신께서 이 세상의 정점에 군림하시는 때…… 이제 이 세계는 주인님 거예요."

"우후, 우후후후…… 아하하하하하하! 해냈어! 해냈다고! 아하하하하하하하하하하하하하—! 꼴좋다, 앨빈! 고소해라! 드디어! 나의 전부를 빼앗은 앨빈! 드디어 너한테 복수할 수 있어! 드디어 나는 나를 되찾을 수 있어……! 두고봐! 네가 소중히 지키려고 한 것을 전부, 전부 부숴 주겠어! 너의 전부를 부정하고 모조리 빼앗아 주겠어! 어떤 얼굴로 울지 벌써부터 기대돼! 아하하하하! 아~하하하하하하하하하하하하!"

어두운 감정을 담아 천진난만하게 웃는 엔데아를.

"후후후……."

플로라는 요요하게 미소 지으며 바라보았다.

그저 지그시, 사랑스럽다는 듯 바라보았다.

이윽고.

"그럼 귀여운 주인님…… 계획의 최종 단계에 들어가겠어요."

플로라는 엔데아에게 공손히 인사하고 발길을 돌렸다.

"각지에서 활동 중인 암흑기사단을 불러들일 거예요. 그리고— 저도 마지막 「마무리」를 하고요. 한동안은 편안히 시간을 보내 주세요."

그 말을 남긴 플로라가 걸음걸음 어둠 속으로 녹아들어 사라지려고 한…… 그때였다.

"아?! 기, 기다려, 플로라!"

불러 세우는 엔데아의 목소리를 듣고 플로라가 발을 멈췄다.

"더 하실 말씀이 있으신가요?"

"어?! 아니, 그게, 저기……."

엔데아는 자기가 불러 세워 놓고서 한동안 어물어물하다가.

이윽고 조심스레 말했다.

"그…… 계획이 성공하면…… 이 세상 사람들은, 모두 죽어 버리는 거지……?"

"네. 빠르든 늦든 그렇게 되겠죠. 무슨 문제라도 있나요? 설마…… 이제 와서 겁이 나시나요?"

시험하는 듯한, 재미있어하는 듯한 플로라의 말에.

"흥! 시시해!"

엔데아는 짜증스레 대꾸했다.

"나를 사랑해 주지 않는 이딴 세계는 필요 없어! 나를 죽이고, 내 존재를 부정한 이딴 세계는 사라져 버리라지! 하지만……."

갑자기 말을 멈추고 고개를 숙인 엔데아는 망설이듯 눈을 굴렸다.

그리고 이내 쥐어짜듯 중얼거렸다.

"……하지만…… 그…… 플로라…… 딱 하나 부탁이 있어……."

"부탁이요?"

"응…… 뭐냐면……."

…….

엔데아의 「부탁」을 듣고.

플로라는 말없이 엔데아의 매달리는 듯한 얼굴을 잠시 바라보다가.

그리고―

"……말씀 받들겠어요."

훗…… 하고 입매를 웃는 형태로 일그러뜨렸다.

그건 숨 막히게 요염하고 간드러진 웃음이었다.

―――.

―――.

제1장 봄의 도래

요정력 1447년, 셋째 달.[마체]

생명의 숨결이 흘러넘치는 봄이 찾아오면 캘바니아 왕립 요정기사 학교에는 새 학년의 시작과 함께 새바람이 분다.

꿈과 희망, 동경을 가슴에 품고서 장래에 왕국을 지탱하는 기사가 되고자 의기양양하게 찾아온 신입생들.[바람]

그 풋풋한 신입생들은…….

"콜록…… 으헉…… 콜록콜록……!"

"주, 죽겠어요…… 더는 못 해……요…….."

"이 사람, 도수공권인데 왜 이렇게 강한 거야……? 믿을 수가 없어…….."

"이, 이게…… 바로…… 전설 시대의 기사…….."

……된통 당하여 땅을 나뒹굴며 죽기 직전이었다.

"하하하, 칠칠맞지 못하네, 신입들. 살짝 **쓰다듬어** 줬을[루키즈] 뿐인데. 이거 앞날이 걱정되는걸?"

"아니, 시드 경…… 처음이니까 좀 더 봐주셔야죠…….."

푸른 하늘, 흰 구름 아래의 캘바니아 왕성 기사 훈련장.

블리체 학급의 교관 기사 시드는 주위에 쓰러져 있는 신입생들을 애매한 눈으로 내려다보고 있었고, 왕국의 왕자 앨빈은 쓴웃음을 지으며 그런 시드를 타이르고 있었다.

새해가 밝으며 블리체 학급의 학생들은 2학년 종기사^{세컨드 스카이어}로 진급했고, 캘바니아 왕립 요정기사 학교에는 당연히 신입생들이 입학했다.

올해도 엄격한 선발 시험을 클리어하고, 요정검 계약 의식을 마쳐, 훌륭하게 종기사^{스카이어} 자격을 얻은, 선택받은 신입생들이었다.

입학과 동시에 그들은 현재 학교에 네 개 있는 각 학급 중 한 곳에 편입된다.

그때 강세를 보이는 곳은 역시 3대 공작파의 전통 3학급—뒤란데 학급, 오르토르 학급, 앤서로 학급이었다.

발족한 지 얼마 안 된 약소한 블리체 학급에 들어가려는 학생이 있을 리 없다…… 3대 공작가와 학교 상층부 대다수는 그렇게 예상했다.

왕실파인 블리체 학급 따위, 출세하지 못할 것이 확실한 학급이었다.

심지어 블리체 학급을 이끄는 교관은 악명 높은 《야만인》 시드.

멀쩡한 신입생이 모일 리가 없다.

하지만 그런 대다수의 예상은 크게 빗나갔다.

재능 있는 유망한 학생들 대다수는 확실히 예년대로 전통 3학급에 들어가길 원하거나, 혹은 약삭빠르게 스카우트되어, 전통 3학급은 많은 신입생을 탄탄하게 확보했다.

하지만 블리체 학급에 들어가길 원하는 학생도 상층부의 예상보다 많았다.

그 수는— 무려 20여 명.

기본적으로 각 학급의 학년 인원이 40명 전후고, 작년에 블리체 학급이 발족했을 당시의 신입생이 여섯 명이었던 것을 생각하면 장족의 발전이었다.

지금 블리체 학급에는 전통 3학급에서는 문전 박대를 당하는 지령위^{아시야} 학생은 물론이고, 상위 요정검······ 위령위^{예치라}와 정령위^{브리아} 학생도 몇 명 있었다.

그리고 무엇보다 특필할 점은— 최상급인 신령위^{아칠루트}가 한 명 들어왔다는 것이다.

그 학생은 전통 3학급과 3대 공작들의 권유를 모조리 걷어차고 블리체 학급에 들어가길 원했다고 하니 놀라운 일이었다.

"뭐, 확실히 처음엔 이 정도인가. 그럼 한동안 휴식······."

"아, 아뇨! 아직이에요! 저는 아직 더 할 수 있어요! 교관님!"

주위에 쓰러져 있던 신입생 중 한 명이 허둥지둥 일어나

휴식을 선언하려고 한 시드에게 다가갔다.

　전체적으로 가냘프고 몸집이 작은 소녀였는데 밤색 머리가 특징적이었다.

　동글동글한 눈, 오뚝한 코, 얇은 입술. 다소 동안이고, 시골 처녀 특유의 촌스러운 느낌은 있지만, 얼굴 생김새는 매우 반듯하여, 제대로 멋을 내면 귀족 영애가 모이는 사교계에서도 화려한 존재감을 주장할 수 있을 것 같았다.

　너덜너덜한 종기사 제복을 입은 그 소녀가 시드에게 호소했다.

　손에는 당연히 요정검을 들고 있었다.

　일곱 색깔 보석으로 장식된 직도형 초록 요정검은 흔한 요정검과는 명백하게 일선을 긋는 힘이 느껴졌다.

　그도 그럴 것이. 이 소녀가 바로 신령위에게 선택받았다는 그 기대의 신입생이었다.

　그녀의 이름은 유노 어프렌트.

　예전에 지방 마을 노알레에서 앨빈이 몸을 던져 산적으로부터 지킨 소녀였다.

　"저, 저는 앨빈 왕자님을 위해 하루라도 빨리 훌륭한 기사가 되어야 해요! 그러니까 이 정도에 뻗어 있을 순 없어요! 한 번 더 부탁드립니다!"

　그런 유노의 열의에 감화된 것처럼.

　"저, 저도…… 저도 강해지고 싶습니다……!"

"저도…….."

"……나, 나도…… 아직……!"

축 늘어져 있던 1학년 종기사들이 좀비처럼 비틀비틀 일어났다.

"다, 다들…….."

그런 후배들을 보고 앨빈은 가슴이 뜨거워졌다.

"그렇군. 좋은 마음가짐이야."

시드는 감탄한 모습으로 그런 학생들을 보았다.

"하지만 안달하지 않아도 돼. 오늘 내가 너희 모두를 한꺼번에 상대한 이유는 너희의 현재 실력을 정확하게 알기 위해…… 토대를 확인하기 위해서야. 너희는 그 토대에 앞으로 꾸준히 실력을 쌓아 올릴 거야. 강함은 하루아침에 만들어지는 게 아니니까."

"교, 교관님…….."

"그러니까 지금은 얌전히 쉬어. 자, 저 갑옷을 입고 뛰는 거야."

시드가 봄바람처럼 미소 지으며 훈련장 구석에 주르륵 놓여 있는 중후한 전신 갑옷을 가리키자.

""""쉬라고 해 놓고 그건 이상하잖아요오오오오오—!!""""

신입생들은 머리를 부여잡고서 비명을 질렀다.

"쉬는 게 무슨 뜻인지 모르시나요?! 전설 시대의 기사님?!"

"아침부터 교관님과 대련하고 달리는 무한 루프로 계속 움직였는데요?!"

"오히려 싸움 중에 잠시 숨을 돌릴 수 있는 대련 쪽이 휴식인데요?!"

"교관님, 사실은 저희를 죽이려는 거죠?!"

"이 나라에 목숨을 바치기로 각오했지만, 훈련하다 죽는 건 사양인데요?!"

1학년 종기사들이 귀기가 감도는 표정으로 시드에게 따져 들었다.

정작 시드는 이해할 수 없다는 듯 고개를 갸우뚱하고서 앨빈을 보았다.

"달리기는 휴식…… 맞지?"

"죄송해요. 코멘트하지 않을게요."

앨빈은 고개를 휙 돌릴 수밖에 없었다.

"으음…… 이게 바로 세대 차이인가."

그렇게 시드와 신입생들이 떠들고 있으니.

"이야~ 그 맘 알죠! 이해해요! 후배님들!"

"응응! 우리도 그런 시기가 있었어!"

블리체 학급이 자랑하는 바보 콤비…… 귀미인 소녀 텐코와 갈색 머리 소년 크리스토퍼가 의기양양한 얼굴로 다가왔다.

"테, 텐코 선배……? 크리스토퍼 선배……?"

눈을 깜빡이는 신입생들 앞에서 두 사람은 열변을 토하기 시작했다.

"다들 힘들고 괴롭겠죠. 그 마음 아주 잘~ 알아요!"

"맞아, 많이 힘들지?! 당장에라도 마음이 꺾일 것 같지?! 요정검이 있는데 왜 이런 힘든 훈련을 해야 하나 싶지?!"

"하지만~! 요정검만 전적으로 의지해선 안 돼요! 요정검은 단순한 무기가 아니에요! 기사를 인정하고 기사에게 힘을 빌려주는 유일무이한 동지! 대등한 벗!"

"즉, 기사와 요정검은 일심동체, 운명 공동체야!"

"일방적으로 힘을 빌리는 관계를 과연 대등하다고 할 수 있을까요?! 아뇨!"

"그렇지! 기사는 우선 무엇보다도 자기 자신을 단련해야 해! 자신의 마나를 다루는 기술―「윌」을 구사해야 비로소 요정검을 휘두를 자격이 있는 진정한 기사인 거야!"

"걱정하지 마세요! 윌은 살아 있는 자라면 누구나 쓸 수 있는 기술이에요! 강한 의지를 가지고서 자신을 계속 단련하면 반드시 터득할 수 있어요! 저희가 곁에 있으니까요!"

그렇게.

텐코와 크리스토퍼는 눈을 반짝반짝 빛내며 후배들 앞에서 뜨겁게 말했다.

"어, 으음……."

유노를 필두로 한 1학년 종기사들은 어떻게 반응하면 좋을지 모르겠다는 모습이었고.

"저 두 사람…… 후배가 생긴 게 매우 기쁜 모양이에요."

"바보들."

"아, 아하하하……."

그 모습을 멀리서 지켜보는 일레인은 황당하다는 표정을, 세오도르는 어이없다는 표정을, 리네트는 애매한 웃음을 지을 수밖에 없었다.

"호오? 제법 괜찮은 말을 하게 됐잖아."

그러자 시드가 온화하게 미소 지으며 텐코와 크리스토퍼에게 말했다.

"옛날 생각 나는군. 너희가 더는 못 달리겠다고 우는소리를 하던 때가 까마득한 옛날 같아."

"흐흥, 사람은 성장한답니다, 스승님."

"맞아. 우리는 매일 꾸준한 노력과 연구를 이어가고 있으니까!"

"확실히 틀린 말은 아니지. 요즘은 다른 학급과 모의 시합을 해도 전적 상위권에 반드시 너희 모두의 이름이 있으니까. 특히—."

시드가 텐코를 똑바로 바라보았다.

"텐코, 너는 대단해. 설마 한 학년 위의 녀석과 싸워도 지는 것보다 이기는 일이 더 많을 줄은 몰랐어. 실력이 늘

었구나."

그렇게 말하고서 시드는 텐코의 머리에 손을 얹고 쓱쓱 쓰다듬었다.

"에헤, 에헤헤…… 간지러워요~ 스승님."

텐코는 귀를 쫑긋거리고 꼬리를 살랑살랑 흔들며 기쁘게 손길을 받아들였다.

그리고 그런 텐코를 1학년 종기사들이 존경과 선망이 담긴 눈으로 바라보았다.

"맞아요…… 텐코 선배는 정말로 대단한 사람이니까요……."

"요전번 시합 때 선배, 발이 엄청나게 빠르고 검이 엄청나게 멋있었지?!"

"역시 2학년 종기사 최강……."

"바보야. 대단한 사람은 텐코 선배뿐만이 아니잖아!"

"그래, 맞아! 이 학급의 선배들은 다들 대단하지!"

"선배들 덕분에 희망을 가질 수 있어……. 검격 차이가 기사의 절대적 차이가 아니라고 말이야……."

그렇게 후배들은 존경과 선망이 담긴 눈으로 앨빈, 텐코, 크리스토퍼, 일레인, 세오도르, 리네트를 보았다.

"홋…… 쑥스럽네."

"뭐, 뭔가…… 낯간지럽네요."

"흐, 흥……."

선배들도 다들 싫지만은 않은 모습이었다.

그리고.

"그런고로! 다들 힘내요! 물론 저희도 여러분의 목표로서 필사적으로 힘낼 거예요!"

그렇게 텐코가 의기양양하게 마무리했다.

"맞아. 말 잘했어, 텐코."

그런 텐코를 시드가 칭찬했다.

텐코는 환한 얼굴로 시드를 돌아보았다.

"그, 그렇죠?! 저희는 선배니까요!"

"그래. 너희는 선배로서 후배들에게 모범을 보여야지."

"네! 맞아요!"

"그럼 실제로 지금 보여 줘. 덤벼, 텐코."

"네! 갑니다! 어……? 네?"

텐코가 얼빠진 표정을 지었다.

"텐코뿐만 아니라. 2학년 종기사 전원이 덤벼."

""""……네?""""

이어서 그 자리에 있던 2학년 종기사 전원이 얼빠진 표정을 지었다.

"그렇게까지 말했으니까. 너희가 지금 얼마나 싸울 수 있는지…… 그 한계를 후배들에게 보여 줘."

씩 웃은 시드가 2학년 종기사들을 향해 자세를 잡았고—

""""텐코오오오오오오오오오오오오오오오오오오—!"""""

다음 순간, 2학년 종기사들의 원망 어린 시선과 외침이 텐코에게 쇄도했다.

"으에에에에엑?! 스, 스승님?! 자, 잠깐만요! 저, 저희도 아침부터 줄곧, 평소보다 더 살인적인 훈련을 소화하느라 이미 녹초인데요……!"

텐코가 울상이 되어 허둥지둥 변명했지만.

"호오? 한번 꺼낸 말을 번복하는 게 너의 기사도인가?"

"아으…… 아뇨, 그, 그건……!"

시드가 똑바로 바라봐서 아무런 말도 할 수 없었다.

"뭐, 너희의 윌^{레벨} 심도가 어느 정도에 이르렀는지 궁금하던 차였어. 마침 잘됐잖아. 자, 종알거리지 말고 전력으로 덤벼."

어떤 말로 이 상황을 넘겨야 할까?

학생들이 피곤한 머리를 필사적으로 굴리고 있으니.

"그 얘기에 나도 끼겠어!!"

훈련장에 소녀의 늠름한 목소리가 울렸다.

일동이 퍼뜩 놀라 그쪽을 돌아보자…… 불꽃 같은 빨간 머리가 아름다운, 쌍검을 든 2학년 종기사가 있었다.

"루이제 선배야! 오르토르 학급의 루이제 선배야!"

"뭔가 이런저런 이유를 대고 거의 매일 블리체 학급에서 죽치며 시드 교관에게 찰싹 붙어 있는 루이제 선배야!"

"싸늘한 미모와 과격한 언동 때문에 처음에는 무서운 사람인 줄 알았지만, 얘기해 보니 의외로 대하기 편하고 다른 사람을 잘 챙겨 주는 루이제 선배야!"

"에잇, 거기 어중이떠중이들! 입 다물어!"

떠드는 후배들에게 일갈한 루이제는 시드 앞에 서서 검을 들었다.

"나도 끼워 줘야겠어, 시드 경! 오늘이야말로 이겨 주겠어!"

"잠깐, 루이제! 쓸데없는 소리 하지 말아요!"

어떻게든 텐코가 루이제를 달래려고 하니.

"그런 일이라면 우리도 참가하기로 할까."

"맞아. 지금 내 실력이 어느 정도인지…… 마침 시험해 보고 싶었어."

앤서로 학급의 2학년 종기사 요한과 뒤란데 학급의 2학년 종기사 올리비아까지 큰소리치며 등장했다.

"어? 저기, 잠깐……."

텐코가 뭐라고 말할 새도 없이.

"괴, 굉장해요! 2학년 종기사의 정상급 선배들이 여기에 다 모였어요……!"

유노가 감동한 얼굴로 깍지를 끼고 외쳤다.

"심지어 그런 선배들을 상대하는 건 전설 시대 최강인 시드 경…… 대체 저희에게 어떤 걸 가르쳐 주실지 한순간도 눈을 뗄 수 없어요! 얘들아! 앞으로 우리가 더욱 성장하기 위해서도 전설 시대의 기술과 선배들의 기술을 두 눈에 전부 새기자!"

"""오오!"""

유노의 천진난만한 외침에 후배들의 분위기가 달아올랐다.

이제는 뒤로 물러날 수 없었다.

"이건…… 할 수밖에 없겠네요……."

"으아아아…… 몸이 버틸까……?"

일레인과 리네트가 결심하고서 각자의 요정검을 들었다.

"뭐, 좋아. 한계까지 소모했을 때 적이 온 상황을 상정한 훈련이라고 생각하지."

"으…… 미, 미안……."

세오도르가 한숨을 쉬며 일어났고, 크리스토퍼가 멋쩍어하며 대검을 들었다.

"죽을…… 죽을 거예요……. 굳이 오늘처럼 너무 힘들어서 강 건너편이 보이는 훈련을 한 다음에 실력을 확인할 필요는 없잖아요……."

새파래진 텐코가 투덜거리면서도 평소처럼 발도 자세를 취했다.

"앨빈 왕자니이이이이임—! 힘내세요오오오오오오!"

"하하하. 귀여운 후배의 기대를 저버릴 수는 없지."

동경으로 눈을 반짝이는 유노의 성원을 받고 앨빈이 쓴 웃음을 지으며 세검을 뽑아 천천히 들었다.
레이피어

"그런고로 시드 경. 오늘도 한 수 배울게요."

"그래, 전력으로 넘버. 토한 피의 양만큼 너희는 강해질 거야."

그렇게 말한 시드는 씩 웃고서.

평소처럼 도수공권으로 자세를 깊이 낮췄다.

그리고—

"우오오오오오오오오오오오오오오오오—!"

"이이이이야아아아아아아아아아아—!"

"하아아아아아아아아아아아아아아아아아아—!"

사방팔방에서 2학년 종기사들이 일제히 시드에게 달려들었다.

————.

땅이 붉게 타오르며 그림자가 한없이 뻗어 나가는 해 질 녘.

까악…… 까악…… 머리 위로 날아가는 까마귀의 울음소리가 쓸쓸하게 울려 퍼지는 가운데.

블리체 학급의 훈련 시간은 끝을 고했다.

"""""……."""""

2학년 종기사들도, 1학년 종기사들도, 다들 혹독한 훈련 메뉴에 지쳐서 마치 다 타 버린 것처럼 힘없이 땅에 엎어 져 있었다.

"하아……! 하아……! 헉…… 헉……!"

다만 앨빈만이, 양쪽 무릎을 꿇고 엎드려 있긴 해도 간 신히 의식을 유지하고 있었다.

그건 왕족의 오기이기도 했지만.

"역시 너는 윌 천재야, 앨빈."

풀썩.

앨빈 옆에 선 시드가 앨빈의 머리에 수건을 덮었다.

"너의 윌은 군더더기가 없고 아주 효율적이야. 그래서 잘 지치지 않고 마나와 체력의 회복이 빨라."

"그, 그런……가요……?"

"그래. 지구력은 크리스토퍼 쪽이 높지만…… 중간중간 숨 돌릴 타이밍이 있는 초장기전은 네가 더 유리해. 만약 **전쟁**을 벌인다면…… 어떤 의미에서 네가 제일 강해."

"가, 감사…… 하아, 하아…… 합, 니…… 콜록콜록……!"

시드의 칭찬이 기뻤지만 앨빈은 제대로 대답할 수 없었다.

"뭐…… 도보 백병전, 결투, 회전(會戰), 마상 창시합, 기습…… 상황별로 다양한 「최강」이 존재하니까 누가 가장 강한지 의논하는 건 사실 별로 의미가 없지만 말이지. 그걸 빼고 생각해도……."

힐끔.

정신을 잃고 쓰러진 2학년 종기사들을 한 명씩 둘러보며 시드는 감개무량하다는 듯 말했다.

"너희는 짧은 시간에 정말 강해졌어."

"그, 그럴까요? 저희는…… 오늘도 시드 경이 검을 뽑게 하지 못했는데요……."

앨빈이 시드의 허리 뒤쪽에 있는 흑요철검을 보았다.

"문제없어. 머지않아 그날은 반드시 올 거야. 그리고 망자인 나는 성장하지 않지만, 살아 있는 너희는 더 강해질 수 있어. 이렇게 간다면 내 역할도 조만간 끝날지도 모르겠어."

"시드 경……."

"텐코한테는 말하지 마. 의외로 그 녀석은 금방 기고만장해지니까."

"아, 아하하하…… 텐코는 그저 시드 경에게 칭찬받는 게 너무 기뻐서 들뜨는 거예요."

앨빈은 최근 시드 앞에서 무의식중에 꼬리를 살랑살랑 흔드는 귀미인 친구의 새침한 얼굴을 떠올리고 키득키득 웃었다.

그리고 주위 광경을 마치 존귀한 것이라도 보듯이 다시금 바라보았다.

그런 앨빈을 알아차린 시드가 말을 걸었다.

"왜 그래? 기뻐 보이네. 웃음이 새어 나오고 있어."

"네? 아, 네…… 역시 아시는군요."

앨빈은 멋쩍은 듯 뺨을 긁적였다.

"시드 경이 말한 대로…… 저, 기뻐요."

"……."

"저는 사실 여자인데…… 남자로서 장래 왕이 될 운명을 짊어지게 됐고…… 가뜩이나 어려운 길인데 기사단은 약체화되고, 3대 공작가의 협력은 얻지 못하고, 궁정 내에서의 힘은 점점 제한되고. 아바마마가 붕어하셨을 때, 대체 이 나라를 어떻게 지키면 좋을지 정말로 알 수 없어서…… 그저 불안해서…… 혼자 몰래 울기만 했었어요."

"……."

"하지만 이를 악물고서 아주 조금씩이라도 강해지자고…… 그렇게 생각해서…… 아바마마의 유언대로 블리체 학급을 만들고…… 둘도 없는 동료들을 얻고, 시드 경과 만나고…… 함께 이런저런 어려움을 극복해서…… 마침내…… 여기까지 왔어요……."

"……."

"제가 약소 왕가의 왕자라는 걸 알면서도 이 학급에 들어오기로…… 저를 따르기로 결심해 준 후배들……. 여전히 학급 간의 파벌 알력은 심하지만…… 루이제와 요한, 올리비아…… 파벌을 뛰어넘어 손을 맞잡을지도 모르는 사람들……. 그리고 최근에는 나라의 상층부에도 저를 인정하고 왕가에 협력해 주는 자들이 조금씩 늘어나고 있고…… 백성들도 점점 저를 지지해 주고……. 북쪽 마국, 이웃 나라들, 국내 치안, 요마의 융성…… 다양한 문제가 여전히 산적해 있지만, 밝은 미래가…… 희망이 조금 보이는…… 그런 기분이에요."

"……."

"뭔가 시드 경이 제 곁에 오고 나서 전부 잘 풀리기 시작한 것 같아요. 아하하, 전부 시드 경 덕분이에요."

그러자.

이제껏 줄곧 듣기만 하던 시드가 불현듯 입을 열었다.

"그건 틀렸어, 앨빈."

"시드 경?"

"기사에게 뭔가를 이루는 힘은 없어. 기사는 왕의 힘이고, 왕이 바라는 길을 왕 대신 까는 게 기사의 역할이야. 내가 와서 모든 일이 잘 풀리기 시작했다는 생각이 든다면. 그건 전부 너의 의지와 결단과 행동이 가져온 결과야. 자랑스럽게 여기도록 해."

그런 시드의 말을 듣고.

앨빈은 일순 눈물을 글썽거리고서.

"정말로…… 이 시대에, 시드 경과 만나서…… 다행이에요……."

고개를 숙이고 그런 말을 나직이 중얼거렸다.

어릴 때부터 아버지에게 들은 옛날이야기 속 멋진 기사.

이야기 속의 시드는 언제나 강하고 멋있는 기사 중의 기사, 최고의 기사여서.

시드와 만나기 한참 전부터 앨빈은 그런 이야기 속 시드를 사랑했다.

왕으로서 시드를 자신의 기사로 맞이하는 것을 줄곧 꿈꿨다.

어린아이의 그 꿈과 소원이 기적적으로 이루어지고 있었다.

그런 만큼…… 딱 하나 아쉬운 점이 있었다.

"저기, 시드 경."

"음?"

"시드 경은…… 정말로 이번 성령 강림제의…… 천기사(天騎士)^{슈발리에 원} 결정전에 참가하지 않을 건가요?"

"그래. 안 나가. 관심 없어."

앨빈의 물음에 시드는 어깨를 으쓱이고 즉답했다.

성령 강림제는 새해의 초봄에 전국적으로 열리는 축제이자 전통 행사다.

한 해의 안식과 평화를 빛의 요정신에게 기도하는데, 그 전통적인 식전 중 하나로 천기사 결정전이라는 게 있었다.

빛의 요정신의 가호를 받은 기사들이 빛의 요정신 앞에서 정정당당히 겨루어 빛의 요정신에게 「무(武)」를 봉납한다는 취지의 전통 의식이었다.

그리고 그 시합의 우승자에게는 1년간 천기사라는 칭호가 주어진다.

명실공히 왕국 최강의 기사라는 증거로, 왕국 기사에게는 최고의 명예였다.

이자가 바로 왕국 제일의 기사, 왕국을 대표하는 명예기사임을 국내외에 공적으로 선언하는 칭호라서, 왕국의 기사들은 매년 천기사 자리를 두고 뜨겁고 격렬하게 자신의 무예와 요정마법을 겨루는데.

시드는 그 명예로운 천기사에 전혀 관심이 없는 것 같았다.

예전부터 앨빈이 몇 번 물어봤지만 시드의 답은 똑같았다.

"……이유를 물어봐도 될까요?"

"왕국 최강, 최고의 기사라는 칭호라지만 「최강」과 「최고」의 정의는 상황에 따라 달라져. 그래서 나는 그 칭호에 별로 가치를 못 느껴. 애초에 천기사는 왕국의 「얼굴」이야. 필연적으로 역할과 일이 늘어나. 그런 일에 얽매일 시간이 있으면 조금이라도 너희를 성장시키고 싶어. 그 일이 훨씬 더 가치 있게 느껴져. 그게 다야."

"아하하, 시드 경답네요."

왕국의 고참 기사들이 이 말을 듣는다면 길길이 날뛰겠지, 하고 앨빈은 멍하니 생각했다.

"그리고…… 어차피 지금은 무리야. 지금 내가 참가하면 여러모로 안 좋아."

"으……."

시드가 하려는 말을 헤아리고 앨빈은 탄식했다.

전설 시대 최강의 기사 《야만인》 시드 블리체.

그 무용이 널리 알려진 지금, 좋게도 나쁘게도 영향력은 지대하다.

안 그래도 왕가에 반발하는 3대 공작가는 앨빈이 데리고 있는 시드를 매우 경계하고 있었다. 그 일거수일투족에 흠칫거렸다.

그런 상황에서 만약 시드가 천기사가 되어 버린다면 시드가 왕국 내에서 발휘하는 영향력은 더 강대해진다.

그렇게 되면 그런 시드를 데리고 있는 앨빈의 힘을 두려워한 나머지 3대 공작가가 극단적인 행동에 나설 수도 있다. 본격적으로 나라가 쪼개질지도 모른다.

이런저런 문제는 있지만, 국방이나 국가 운영을 위해서는 아직 3대 공작가가 있어야 했다.

현 상태가 일단은 안정적인 이상, 괜히 자극하는 일은 삼가야 한다…… 그게 시드의 판단이었다.

이래 봬도 시드는 뛰어난 무인일 뿐만 아니라 정치적 감각도 있었다.

"그런데 앨빈. 왜 너는 그렇게 나를 천기사 결정전에 출전시키고 싶어 하는 거야? 사실은 너도 지금 내가 나서지 않는 게 좋다는 건 알잖아?"

흥미롭다는 듯 시드가 물었다.

"그, 그건……."

앨빈은 말문이 막히고 말았다.

그 이유가…… 정말 별것 아니기 때문이다.

어릴 때부터 줄곧 동경했던 시드.

그리고 지금은 자신의 기사가 되어 준 시드.

자신을 섬기는 기사가 자타공인 왕국 최고의 기사였으면 하니까…… 요컨대 사랑에 빠진 소녀의 귀여운 욕심이었다.

"아, 아무것도 아니에요…… 아하, 아하하……."

앨빈은 얼버무릴 수밖에 없었고.

"……?"

시드는 고개를 갸웃했다.

"슬슬 들어가야겠네요. 모두를 깨우죠."

그런 시드를 재촉하고서 앨빈이 일어났다.

"아무튼 저는 정말로 시드 경에게 감사하고 있어요. 시드 경이 제 곁에 있어 준다면…… 모든 일이 잘 풀릴 거라고…… 이 왕국의 밝은 미래를 믿을 수 있어요."

"……."

"앞으로도 아무쪼록 잘 부탁드려요, 시드 경."

그렇게 말하고서 앨빈은 쓰러진 학우들 곁으로 걸어갔다.

시드는 그런 앨빈의 뒷모습을 멍하니 바라보며 중얼거렸다.

"모든 일이 잘 풀린다라……."

문득 시드는 고개를 들었다.

노을 진 하늘에 많은 새 그림자가 있었다.

서쪽에서 동쪽으로 날아가고 있었다.

저 새의 이름은 라이노새. 주요 서식지는 대륙의 서쪽. 대륙 동서를 오간다고 알려져 있지만, 통상적으로 이 시기에 이곳에서 발견되는 일은 없다. ……어떤 요인 때문에 서식지에서 쫓겨나지 않는 한.

그리고 전설 시대에 저 새는 언제나 소란의 개막을 알리는 흉조였다.

시드는 그런 불길한 라이노새를 바라보며 한동안 침묵하다가.

이윽고.

"폭풍이 오겠어."

그렇게 누구에게랄 것도 없이 나직이 중얼거렸다.

————·

—정말로 시드의 예언대로.

후일, 한 남자가 캘바니아 왕국에 나타난다.

그로 인해 왕국에 풍운이 감돌게 된다.

제2장 감도는 풍운

"왕자님! 앨빈 왕자니이이이이임—! 큰일입니다아아아—!"

어느 날, 이른 오후.

블리체 학급은 평소처럼 시드의 지도하에 훌륭한 기사가
되고자 훈련장에서 장절한 훈련을 하고 있었다.

그러던 때, 궁정에서 일하는 대신 한 명이 다급한 얼굴
로 찾아왔다.

그리고 충격적인 소식을 알렸다.

————.

"드래그니르 제국에서 사자가 왔다고?!"

"……그, 그렇습니다!"

방에서 차림새를 정돈한 앨빈은 송구스러워하는 대신에
게 사정을 들으며 성내 복도를 빠르게 걸었다.

자신의 호위 기사로 시드를, 시중드는 종자로 텐코를 데
리고서 캘바니아성 상층에 있는 알현실로 향했다.

"드래그니르 황제 폐하가 보낸 사자라고 밝힌 남자가 저

희의 제지도 듣지 않고 이미 알현실에 강제로 들어가 있습니다. 그런 무례하기 짝이 없는 남자는 즉시 붙잡아서 목을 치고 싶지만…… 아무튼 상대는 드래그니르 제국…… 함부로 다룰 수도 없어서……."

"응, 그렇지. 알고 있어. 다들 고생했어."

앨빈은 알현실로 서두르면서도 씁쓸한 마음을 억누를 수 없었다.

"드래그니르 제국……은 뭐 하는 곳이죠?"

텐코가 심각한 얼굴로 중얼거리자.

"지금 이 대륙의 서쪽을 주름잡고 있는 군사 대국이야."

시드가 대답했다.

"나도 이 시대의 정세를 알려고 왕성의 자료실에서 대충 살펴본 정도지만. 캘바니아 왕국의 약 세 배나 되는 영토를 가진 제정 국가라고 해. 뭐랄까, 전설 시대에 툭하면 트집을 잡아서 우리한테 싸움을 걸어왔던 그 미개한 야만족들이 1000년 사이에 아주 거창한 나라를 만들었다 싶어서 감탄스럽다니까."

"호, 호오?"

"뭐, 그건 넘어가고. 제국의 주요 정책은 전형적인 중앙집권, 부국강병 제국주의야. 작금의 북쪽 마국이나 요마 세력에 대항하기 위해 진실로 강한 나라가 세계를 통일하고 지배해야 한다고 주장하며 주변의 약소국을 차례차례 무력 제압, 병합하여 영토를 확대하고 있어. 정말이지, 녀석들의 그런 야만적인 기질은 전설 시대와 똑같아."

"아하…… 그랬군요! 스승님은 박식하시네요! 역시 대단해요!"

텐코가 웃으며 시드를 추켜세웠지만.

"앨빈?"

"네…… 너무 검 훈련만 시켰다고 조금 반성하고 있어요."

어이없어하는 시드의 시선을 받고 앨빈은 깊이 탄식했다.

"그런데 왜 이 시기에 사자가? 제국과는 선왕이 동맹 조약을 맺어서 정기적으로 정상 회의를 열고 있지만, 아직 그 시기도 아닌데……."

"수상쩍네."

불안해하는 앨빈에게 시드가 말했다.

"방심하지 마. 잘못 대응하면 큰일이 날 테니까."

"……알고 있어요."

엄숙한 얼굴로 고개를 끄덕이고서.

캘바니아성 상층, 알현실에 다다른 앨빈은 두짝문을 살며시 밀고 안으로 들어갔다.

"작작 좀 하십시오! 아무리 대국의 사자라지만 그러한 무례와 횡포가 용납될 것 같습니까?!"

입실하자마자 앨빈 일행의 귀에 날아든 것은 왕국의 정

무를 왕 대신 집행하는 최고 집정관, 《호반의 여인》의 수장 이자벨라의 고함이었다.

홀처럼 호화로운 알현실 내에는 안쪽에 있는 옥좌를 향해 붉은 융단이 깔려 있었고, 그 좌우에 왕국의 정무를 담당하는 각 대신과 3대 공작이 모두 모여 있었다.

그리고 제국에서 온 사자인 것 같은 남자는 몇 계단 위에 있는 안쪽의 옥좌— 본래 앨빈이 앉아야 할 자리에 앉아 있었다.

심지어 얼굴을 가리는 후드를 벗지 않은 채 다리를 꼬고 팔걸이에 팔꿈치를 올려 턱을 괸, 기막히리만큼 무례한 태도였다.

호위 기사인 것 같은 자들이 그런 사자를 에워싸고서 지키고 있었다.

검은색과 빨간색을 기조로 한 갑옷과 망토가 특징적인 그들은 황실 직속 임페리얼 기사단이었다.^{오더}

"어서 거기서 내려오십시오! 이건 중대한 외교 문제입니다!"

질서와 작법에 깐깐한 이자벨라는 상대가 대국의 사자여도 당연히 그 행위를 용납하지 못하여 새빨개진 얼굴로 사자를 질책하고 있었다.

"흥. 너 같은 상것을 위해 굳이 알려 줄 이름도 존안도 없다."

하지만 사자는 어디서 개가 짖냐는 듯 무시했다.

이자벨라의 질책을 여유롭게 흘려듣고 있었다.

"애초에 자리라는 것은 격에 맞는 자가 상응하는 장소에 앉는 것이잖아? 그렇다면 이게 맞지 않나. 뭐가 그리 불만이지?"

"다, 당신은······!"

아주 당당한 사자의 태도에 이자벨라의 분노도 정점에 달하려고 했다.

바로 그때.

"이자벨라!"

앨빈의 목소리를 듣고 그제야 앨빈이 도착했음을 알아챈 것처럼 이자벨라가 퍼뜩 놀라 입을 다물었다.

"됐어. 괜찮아. 먼 서쪽에서 이곳까지 와 줬잖아. 최대한의 경의를 표해야 사리에 맞는 일이지."

그리고 앨빈은 사자라고 주장하는 남자에게 성큼성큼 걸어가 정면에서 똑바로 의연하게 노려보았다.

"옥좌는 편한가?"

"그래, 아주 좋아. 마음에 들었어."

"좋아해 줘서 다행이군. 그건 내 취향이자 유희다. 하지만 여기까지만 하지. 이 이상은 용납하지 않아. 내 나라를 모욕한다면 왕가의 위신을 걸고 이 자리에서 그대를 치겠다. 그대의 조국에 그 목을 보내겠다. 알아들었는가?"

"크크큭, 과연. 내 무례를 참아 넘기면서도 왕의 긍지와 각오를 관철하는가. 3대 공작에게 놀아나는 꼭두각시라고 들었는데…… 제법 괜찮은 인물이잖아?"

그리고.

사자는 자리에서 일어나 앨빈 앞으로 왔다.

무릎 꿇지는 않고, 어디까지나 대등한 입장으로서 앨빈을 똑바로 노려보았다.

긴장감이 고조되는 가운데.

사자는 값을 매기듯 앨빈을 바라보며 말했다.

"마음에 들었어. 앨빈 왕자."

그 순간이었다.

"……?!"

오싹…… 앨빈은 정체 모를 오한에 몸을 떨었다.

그 감각을 대체 뭐라고 형용해야 할까?

예를 들자면, 포식자의 시선을 받은 사냥감이 느끼는 생리적인 공포와 위기감일까.

앨빈 일행이 당혹스럽게 보는 앞에서 사자는 얼굴 절반을 가린 후드를 천천히 벗어 낯을 드러냈다.

""""……아니?!""""

그 얼굴을 본 모두가 말을 잇지 못했다.

앨빈도 사자가 드러낸 얼굴을 보고 눈을 동그랗게 뜨며

경악했다.

사자 갈기 같은 밝은 금발을 가진 정한한 미장부였다.

나이는 앨빈보다 몇 살 많은…… 스무 살 정도로 보였는데, 관록이 나이를 훨씬 뛰어넘어 패왕의 품격을 풍겼다.

앨빈은 그 청년을 본 적이 있었다.

예전에 제국과 왕국이 합동 군사 훈련을 했을 때, 한 번 만난 적이 있었다.

그의 이름은─.

"맙소사…… 설마?! 귀공은 볼프 노르 드래그니르 **황자**?!"

서쪽 대국 드래그니르 제국의 황위 계승 후보 1위.

병상에 누운 부제 대신 국내 정무를 전부 주름잡고 제국주의 정책을 강제로 추진하는 극우 무단파이자, 사실상 드래그니르 제국의 수장…… 《금랑(金狼) 황자》 볼프였다.

"말도 안 돼……. 왜 귀공이……?!"

"말했잖아? 사자로 왔다고."

동요와 곤혹을 감추지 못하는 앨빈을 향해 볼프는 히죽 웃었다.

"바로 회의를 시작하지, 왕자. 물론 의제는 우리 제국과 그대의 왕국…… 두 나라의 미래에 관해서야."

지금 이 순간, 왕국은 장절한 혼돈의 폭풍에 휘말리게 된다.

————.

캘바니아 왕국의 왕가 직할령 서쪽에 랑그리사 성채라는 곳이 있다.

남북으로 이어진 산맥의 틈새라는 천연 요새에 지어진 거대하고 견고한 성채로, 우뚝 솟은 대성벽도 있어서 매우 지키기 쉽고 공략하기는 어려운 곳.

왕국 동서 공로의 중요 관문이며, 왕가 직할령 서쪽의 수비 요지였다.

그런 랑그리사 성채의 성벽 위에 지어진 감시탑에서.

"흐암…… 심심하다…….."

아직 겨울의 잔재가 느껴지는 쌀쌀한 하늘 아래, 경비 당번인 왕국 병사 아이크는 하품을 하며 그렇게 중얼거렸다.

"야야, 아이크. 너 너무 풀어졌어."

동료 로이가 완전히 긴장을 풀고 있는 아이크를 옆에서 나무랐다.

"이곳을 지키는 게 얼마나 중요한지, 왕국 병사라면 알 거 아니야? 만약 제국이 쳐들어온다면 이곳은 최후의 방위선이야."

"알고는 있지만, 어차피 아무 일도 안 일어난다고……."

아이크는 다시 하품하며 말했다.

"제국과는 우리 선왕님께서 불가침 조약과 군사 동맹을

맺었잖아?"

"그건 그렇지만……."

"그러니 그 대단한 제국도 무모한 짓은 못 하겠지. 나는
이왕이면 북방을 지키고 싶었어. 그쪽은 항상 마국과 요마
들의 위협에 노출되어 있잖아. 나는 이 나라를 지키기 위
해 병사가 된 거지, 이런 곳에서 한가롭게 있으려고……."

아이크가 그렇게 애국심을 불태우던 때였다.

"자, 잠깐만…… 저거 뭐야……?"

로이가 몸을 내밀며 지평선 너머를 가리켰다.

"응? 왜 그래? 뭔데 그렇게 기겁하고……."

아이크가 망원경을 꺼내 로이가 가리킨 방향을 보았다.

그러자.

들여다본 망원경 렌즈에 믿기 힘든 광경이 잡혀 있었다.

"무슨?! 이, 이런 말도 안 되는……?!"

그건― 군세였다.

엄청난 수의 병사와 기사가 땅을 뒤덮을 기세로 랑그리
사 성채를 향해 담담히 진군 중이었다.

"저 깃발은 드래그니르 제국의 정규군?! 어떻게 된 거
야?! 왜 드래그니르의 정규군이 이런 곳에?!"

"그야 뻔하지! 제국이 왕국에 쳐들어온 거야……!"

"그거야말로 말도 안 되는 일이잖아! 제국과 왕국은 불
가침 조약을 맺은 동맹국이라고!"

"난들 알겠냐! 아무튼 한시라도 빨리 대장님에게 전해야 해……!"

로이가 서둘러 감시탑에서 내려가려고 했다.

"이곳은 지키기 좋은 입지야! 철저히 농성하면 그리 간단히 함락되지는……!"

그때였다.

"잠깐만…… 저거 뭐야……? 저게 말이 돼……?"

계속 망원경을 보던 아이크가 절망에 찬 목소리로 중얼거렸다.

"끄, 끝났어……. 우리는…… 이 성채는 끝이야……."

"왜, 왜 그래? 아이크……. 대체 뭐가 보였길래……?!"

"로이. 이 망원경이 《호반의 여인》의 마법 도구라는 건 알지……?"

"그, 그래…… 그건 아는데……."

"그리고 이 망원경은 적군이 가진 요정검이 몇 개인지 감지할 수 있어…… 맞지……?"

"그것도 알아! 그게 어쨌는데!"

요점을 파악할 수 없어서 언성을 높이는 로이에게 아이크가 고했다.

"저 녀석들…… **전원이 갖고 있어.**"

"뭐?"

"기사뿐만 아니라…… 말단 병사까지 다들 갖고 있다

고……! 요정검을……!"

푸드덕푸드덕, 푸드덕푸드덕…….

망연자실한 병사들의 머리 위로 라이노새가 여유롭게 날
아갔다.

─────.

한편 그 무렵─.

"그게 대체 무슨 뜻이지? 볼프 황자."

앨빈의 딱딱한 목소리가 울려 퍼졌다.

알현실에서 장소를 옮긴 그곳은 캘바니아 성내에 마련된
회의실.

앨빈과 볼프는 호화로운 테이블을 사이에 두고서 마주
앉아 있었다.

지금 회의실은 일촉즉발의 팽팽한 분위기였다.

볼프가 오자마자 꺼낸 「통보」 때문이었다.

그 믿을 수 없는 내용을 듣고 회담에 입회한 대신들과
이자벨라도 새파래져서 입을 다물었고, 정치에 어두운 텐
코조차 충격을 받아 입을 뻐끔거리고 있었다.

"……흠."

그저 시드만이 앨빈 옆에서 돌아가는 상황을 조용히 지

켜보고 있었다.

그리고.

"흥. 이렇게 알기 쉽고 간결하게 통보해 줬는데 왜 이해를 못 하지? 앨빈 왕자. 총명한 귀공답지 않아."

앨빈의 날카로운 시선을 여유롭게 받아넘긴 볼프가 대담하게 웃으며 말했다.

"다시 한번 처음부터 통보해 줘야 하나?"

"아니. 됐어. 알아듣지 못한 게 아니라 의도를 알고 싶은 거야."

앨빈이 여유로운 볼프를 더 날카롭게 노려보며 말했다.

"귀공이 통보한 내용을 종합하면 이런 거지…… 「속국이 돼라」. 너무 뜬금없는 얘기라서 어떻게 된 건지 묻는 거야."

"말 그대로의 의미야."

볼프가 어깨를 들썩이며 킥킥거렸다.

"오늘부로 캘바니아 왕국은 드래그니르 제국을 종주국으로 섬기고, 캘바니아 왕가는 드래그니르 황실에 절대적 복종과 충성을 맹세하여 우리 제국의 산하에 들어온다. 왕국은 제국이 관리하고 통치한다…… 그게 다란 말이지. 내 말은 황제의 말이고, 더 나아가 제국 전토의 공통된 뜻이야. 걱정하지 마. 현 왕국 상층부와 왕가를 나쁘게 대하진 않을 거야. 귀공들에게 적합한 직책을 준비하지."

"말도 안 되는 소리!"

탕! 앨빈이 무심코 테이블을 때렸다.

"한 국가의 주권을 통째로 넘기라는 웃기는 요구를 받아 들일 리가 없잖아!"

"뭘 모르는군, 앨빈 왕자. 이건 이 세계의 미래를 위해 반드시 필요한 일이야."

볼프가 자리에서 일어나 당당히 말하기 시작했다.

"알다시피 이 세계는 지금 완만하게 멸망을 향해 가고 있어. 그래, 북쪽 마국 다크네시아 때문에."

"……?!"

다크네시아가 거론되자 앨빈이 입을 다물었다.

"예전에 그 땅에 존재했던『마왕』의 저주 때문에 1년 내 내 눈과 얼음에 뒤덮인 마국 다크네시아…… 여전히 사람 이 살 수 있는 땅은 아니지만, 척박한 환경도 오푸스 암흑 교단의 암흑기사단과는 전혀 상관없어. 녀석들은 구 마국 령을 거점 삼아 전력을 착착 증강하고 있어. 그리고 이 대 륙 각지에서 암약하며 암투를 벌이고 있지. 그 사악한 활 동은 왕자도 잘 알고 있을 텐데?"

"……윽!"

볼프가 말한 대로, 오푸스 암흑교단의 활동은 일일이 열 거할 수 없을 정도였다.

왕도 캘바니아도 멸망할 뻔했었고, 텐코의 고향— 천화 월국도 암흑교단에 의해 허무하게 멸망했다.

그와 비슷한 일이 전 세계 어디에서나 있었다.

"소문에 의하면 오푸스 암흑교단은 그 옛날 성왕 아르슬이 없앤 마왕을 재림시키려고 획책 중이라고 해. 마왕의 후계자가 이미 있다더군."

"뭐라고⋯⋯?!"

"이대로 가면 새로운 마왕이 대두하는 것도 시간문제야. 만약 그렇게 되면 전설 시대에 그랬다는 것처럼 죽음과 겨울이 온 세상을 휩쓰는 대전쟁이 일어나겠지. 그렇게 된 이후에 대응하면 늦어."

휙! 볼프가 손을 휘두르고 일동을 흘겨보았다.

"그렇게 되기 전에 북쪽 마국과 오푸스 암흑교단, 그리고 마왕의 후계자를 없애야 해. 지금이야말로 강한 나라, 강한 지도자 아래에서 대륙의 나라들이 하나가 되어, 세계를 위협하는 거대한 악과 맞서 싸워야 해. 이해하잖아? 왕자."

"그러니⋯⋯ 제국의 속국이 되라고?"

"그래."

바로 그거라며 볼프가 대담하게 웃었다.

"현재 이 대륙에서 가장 강대한 나라가 바로 우리 드래그니르 제국이야. 그리고 그 제국을 주름잡는 나야말로 세상의 정점이지. 그렇다면 이 세상 모든 것이 내 아래에서 하나가 되는 것이 합리적이잖아?"

그렇게 말하는 볼프는 자신에 차 있었다. 세상이 그렇게 되는 것이 엄연히 올바른 길이라고 믿으며 무엇 하나 의심하지 않았다.

앨빈은 한동안 입술을 깨물며 침묵하다가…… 이윽고 의연하게 말했다.

"실례지만 황자. 그대에게 하고 싶은 말이 있어."

"뭐지? 발언을 허락하지."

"동맹국이라고는 하지만 내정 간섭이 되기에 여태껏 강하게 말하지 못했으나…… 그대가 강제로 추진하는 세계 통일 정책은 허상이야."

"……."

앨빈이 강경하게 발언하자 볼프가 눈썹을 꿈틀거렸고 신하들이 술렁거렸다.

"그대는 강대한 제국의 국력을 이용하여 주변 소국과 호족, 씨족을 강제 병합하고 제국의 산하에 두고 있어. 그래, 그대는 그들의 고향과 긍지를 폭력으로 능멸하고 있는 거야."

"……."

"세계에는 다양한 인종과 민족, 국가, 문화, 종교가 존재해. 그것들을 힘으로 억압하여 강제로 통일해 봤자 잘 풀릴 리가 없어. 그대는 합리성을 추구한 나머지 사람의 감정을 경시하고 있어. 사람이 힘과 공포로 억압하면 굴복할 것 같나? 그렇게 생각한다면 크나큰 착각이야."

"……."

"필요한 건 공존이야. 서로의 인종과 문화의 차이를 부정하지 않고 인정하며 존중하는 것. 손을 맞잡고 협력하는 길을, 타협하지 않고 끈기 있게 찾는 것. 그것이야말로 진정한 의미의 세계 통일이야. 그렇게 사람이 손을 맞잡는 가장 큰 단위가 「국가」야. 하나의 국명, 한 명의 지배자 아래에서 뭉치는 것이 세계 통일인 건 아니야. 그건 그저 「타협」이야."

"흠, 미온적이군. 나와 귀공은 지배자로서의 가치관이 다른 모양이야."

전혀 동요하지 않고 여유로운 볼프에게 앨빈이 계속 말했다.

"그리고 알고 있어, 볼프 황자. 제국의 산하에 들어간 나라들이 지금 어떤 취급을 받고 있는지."

"……."

"귀공이 주장하는 과도한 부국강병 정책의 폐해지. 예속국의 백성은 종주국인 제국이 부과하는 터무니없이 무거운 세금에 고통받고, 젊은 일꾼은 모조리 징병돼. 그날 먹을 끼니마저 걱정해야 하는 고난을 겪고 있어. 지금 이 순간에도 많은 무고한 백성이 고통 속에 허덕이고 있어."

"하지만 그게 세상을 위한 일이야."

전혀 흔들림 없이 볼프가 대답했다.

"귀공도 왕이라면 알 텐데? 대를 위해 소의 희생을 각오하는 것…… 그게 왕의 각오 아닌가?"

"그게 소의 희생이라고?!"

무심코 앨빈이 언성을 높였다.

"많은 약한 백성이 고통받는 게 어떻게 소의 희생이지?! 다른 길을 찾아야 해! 모든 것을 힘으로 지배하자고…… 그렇게 안이하게 생각을 포기하기 전에 더 고민해야 할 것이, 해야 할 일이 있을 텐데?! 사람들 위에 서는 왕으로서!"

"……!"

한 발짝도 물러나지 않는 앨빈의 험악한 기세에 처음으로 볼프의 표정이 흔들렸다.

"어쨌든. 그대의 통보에는 따르지 않겠어. 긍지 높은 캘바니아 왕가의 피를 이은 자로서 이 왕국의 백성을 빈곤과 굶주림에 허덕이게 하는 방책에는 결단코 찬동하지 않아. 물러나 줬으면 좋겠군, 볼프 노르 드래그니르 황자."

"호오? 그건 내 힘을…… 드래그니르 제국의 힘을 알고서 하는 말인가? 앨빈 노르 캘바니아 왕자."

"당연하지. 애초에 귀공의 통보는 우리 왕국과 성왕의 뒤를 이은 선조들의 얼굴에 먹칠하는 최악의 국욕(國辱) 행위야. 나는 귀공처럼 오만불손하고 무례한 남자를 본 적이 없어. 치욕을 씻기 위해 우리나라가 귀공의 나라에 선전 포고를 하더라도 국제 여론은 단연코 우리 편을 들겠지. 귀공은, 제국은 그만한 일을 한 거야. 하지만 그냥 넘어가기로 하지. 불문에 부치겠어. 그러나 국가의 위신과 왕가의 명예를 걸고 이 이상은 용납하지 않아. 이 이상 우리나라를 능멸한다면 왕국이 자랑하는 캘바니아 요정기사단의 기사 5천과 장병 5만이 검으로 말하겠어."

그렇게 앨빈이 의연하게 말하자.

""""……!""""

일동의 긴장감은 최대급이 되었다.

숨 막히는 침묵이 한동안 회의실을 무겁게 지배했다.

하지만—.

"크크큭……."

그런 무거운 침묵과 팽팽한 분위기를—.

"하하하…… 핫하하하하하하하하하하하하하하하하하—!"

유쾌한 웃음이 깨뜨렸다.

웃음을 터뜨린 사람은 당연히— 볼프였다.

"더더욱 **마음에 들었어**. 앨빈 왕자."

그렇게 말하고 볼프가 앨빈을 흘낏 보았다.

그 순간이었다.

"……?!"

오싹…… 아까 느꼈던 생리적인 공포와 위기감을 다시 느끼고 앨빈이 재차 몸을 떨었다.

마치 뱀 앞의 개구리가 된 기분을 필사적으로 숨기고 있으니.

그런 앨빈을 값을 매기듯 바라보며 볼프가 말을 이었다.

"나의 힘을, 제국의 위세를 알면서도 알랑거리지 않고, 물러서지 않고, 백성과 자신의 긍지를 위해 저항하는가. 그 가냘픈 두 어깨에 모든 것을 짊어질 각오인가. 아아, 좋아, 앨빈 왕자. 덧없으며 고상한, 아름다운 지고의 꽃. 나는 귀공 같은 자를 **갖고 싶어**. 내 슬하에 두고 내 것으로 삼고 싶어. 귀공에게는 금은보화보다 값진 가치가 있어."

"뭐라고……?!"

여러 번 충고했음에도 불구하고 볼프가 계속해서 모욕을 거듭하자 역시 앨빈의 인내도 슬슬 한계에 달했다.

"뭐, 뭐 하자는 거죠……?! 저 남자……!"

앨빈 옆에 시립한 텐코도 분노로 얼굴이 새빨개져서 부들거렸다. 허리에 찬 칼을 당장 충동적으로 뽑고 싶은 것을 필사적으로 참고 있었다.

"……"

그저 시드만이 여유롭게 팔짱을 끼고서 돌아가는 상황을 조용히 보고 있으니.

"이 이상의 모욕은 용납하지 않겠다고 했어, 볼프 황자."

앨빈이 냉담한 눈으로 일어났다.

"그래서? 뭐?"

"방금 한 말을 철회하고 사죄할 것을 요구하지."

"호오? 거부하면? 어떻게 되지?"

"그때는……."

아무것도 안 한다.

그저 향후 국가 간의 교류 방식을 생각하며 정중하게 물러가라고 청할 뿐이다.

이 이상의 회담은 시간 낭비라고 판단한 앨빈이 그렇게 고하려고 한…… 바로 그때였다.

갑자기 바깥 복도에서 누군가가 헐레벌떡 달려오는 발소리가 들리더니.

"앨빈 왕자님!!! 큰일 났습니다!!!"

콰앙! 요란하게 문이 열리는 소리와 함께 전령인 것 같은 기사 한 명이 회담장에 뛰어 들어왔다.

"무슨 일이냐?! 지금은 귀빈과─."

"알고 있습니다! 무례를 저지른 처벌은 나중에 얼마든지 받겠습니다! 하지만 이 소식만큼은 한시라도 빨리 전해야 할 것 같아서! 왕국의 중대사입니다!!!"

무릎 꿇은 기사는 공포와 절망에 새파랗게 질려 있어서 딱 봐도 심상치 않은 모습이었다.

"무슨……."

경직되어 말을 잇지 못하는 앨빈에게.

"난 상관없어. 보고를 들어 줘, 왕자."

볼프가 뭔지 알겠다는 얼굴로 웃으며 말했다.

앨빈은 그런 볼프를 언짢은 눈으로 슬쩍 보고서 기사에게 고개를 돌렸다.

"좋다. 말하라."

"예!"

고개를 끄덕인 기사는 한 번 숨을 고르고서…… 단숨에 말했다.

"랑그리사 성채가…… 서쪽 수비의 요지, 랑그리사 성채가…… 함락되었습니다!!!"

""""……뭐……?!""""

그 보고를 듣고 앨빈은 물론이고 대신과 기사들 전원이 경악하여 굳었다.

"무슨 그런 말도 안 되는 일이……?! 빛의 요정신의 두터운 가호를 받는 그 난공불락의 성채가?! 적은 누구지……?! 대체 누가……?!"

앨빈이 추궁하자 기사는 떨리는 목소리로 대답했다.

"드래그니르 제국……."

"……뭐……?"

"적은 드래그니르 제국의 임페리얼 기사단입니다!!!"

그런 믿을 수 없는 보고를 듣고.

"……훗."

볼프가 의기양양하게 씩 웃었다.

"그런…… 말도 안 되는……."

"거짓말……."

"랑그리사 성채가 함락됐다니……. 그렇다면……."

대신들의 동요와 곤혹이 마치 독처럼 공간에 퍼져 나갔다.

거듭 말하지만, 랑그리사 성채는 서쪽의 드래그니르 제국에 대항하는 최후의 방파제다.

예전에 제국과 왕국이 소규모 싸움을 계속하던 시대도 있었는데, 제국 측의 모든 침공을 견고하게 막아 낸 왕국 최강의 방패라 할 수 있는 거점이었다.

반대로 랑그리사 성채가 뚫리면 이후로는 제대로 된 방어 거점이 없어서 캘바니아 왕국의 왕도까지 거의 프리 패스였다.

즉, 랑그리사 성채가 함락된 시점에 캘바니아 왕국은 드래그니르 제국에 패배한 것이나 마찬가지였다.

"볼프 황자……!"

당했음을 눈치챘을 때는 이미 늦었다.

앨빈이 분노한 눈으로 볼프를 노려보자 볼프는 희열 어린 웃음으로 화답하며 깔보았다.

"「왕국은 제국을 종주국으로 섬기는 속국이 된다」라고 했잖아? 싸움이란 시작하기 전부터 끝나 있는 거야, 앨빈 왕자."

"뭘 멋대로……!"

"왕자, 귀공이 지닌 왕의 그릇은 확실히 인정하겠어. 귀공은 강하고, 고상하고, 아름다워. 성장하면 모두가 자연스럽게 귀공 앞에 고개를 조아리며 충성을 다하겠지. 귀공이 걷는 길에서 눈부신 빛을 발견할 거야. 귀공은 이상을 구현하는 왕이야. 하지만 뒤집어 보면 귀공은 고원에 핀 아름다운 꽃에 불과해. 그 아름다움으로 다양한 사람을 매료하고 끌어당기지. 모두가 금이야 옥이야 칭찬하는, 아니, 그래야만 피어날 수 있는 덧없는 한 송이 꽃. 온실에서 고이 자라 사랑받는 꽃…… 그게 귀공이야. 그것도 확실히 왕의 그릇, 왕의 형태이긴 하지만— 이 난세에서는 무용해. 혼돈한 난세에 서는 왕은 주위의 온갖 것을 잡아먹고 집어삼켜서 피와 살로 삼는— 식충 독화여야지."

"무슨……."

앨빈이 말을 잇지 못하고 있으니.

아니, 그 자리에 있는 모두가 말을 잇지 못하고 있으니.

"그렇군."

쥐 죽은 듯 고요한 실내에 한 남자의 목소리가 울려 퍼졌다.

"그게 너의 방식인가, 볼프 도련님. 확실히 용의주도해. 입만 산 게 아니라 제법 걸물인 건 틀림없어."

"네놈은 뭐지?"

볼프의 물음을 무시하고서.

그 남자— 시드는 실내의 한구석을 보았다.

"생각해 보면 묘한 얘기야. 확실히 랑그리사 성채는 서쪽의 방파제, 왕도의 숨통이지만…… 그 서쪽에는 국경을 지키는 변경공, 앤서로 공작령이 있을 터. 아무리 제국의 침공이 신속해도 앤서로 공 휘하의 초록 기사단으로부터 먼저 보고가 올라와야 해. 그런데 왜 성채를 지키는 왕가 상비군의 일반 기사가 먼저 보고하지? 대체 초록 기사단은 어디서 뭘 한 거야? 왜 임페리얼 기사단이 자기 영지를 그냥 통과하게 둔 거지?"

"……."

앤서로 공은 말이 없었다.

"애초에. 뒤란데 공의 빨강 기사단이 동쪽의 요마를 토벌하기 위해 원정을 나가고, 오르토르 공의 기사단이 북쪽 마국을 경계하기 위해 원정을 나가고…… 항상 앨빈의 발목을 잡을 생각뿐이던 너희가 웬일로 제대로 일해서 마침 왕도의 경비가 허술해진 타이밍에 랑그리사 성채가 함락됐지. 하하하. 각본이 너무 작위적이지 않아?"

"……."

"……."

뒤란데 공과 오르토르 공도 말이 없었다.

"그리고 너희, 볼프 도련님이 온 이후로 묘하게 얌전하다? 왕가를 대신하여 왕국을 좌지우지하고 싶잖아? 왕국이 붕괴될 위기야. 평소 같으면 좀 더 시끄럽게 떠들 텐데. 왜 이렇게 조용해?"

시드가 그렇게 거침없이 말하자.

대신들과 기사들이 술렁거리기 시작했다.

"뭐? ……어? 잠깐만……."

"그 말은…… 설마……."

"아니, 말도 안 돼……. 아무리 그래도…… 그럴 리가……."

동요. 곤혹. 의심.

다양한 감정이 마치 독처럼 공간을 침식해 나갔다.

그랬다.

시드가 드물게도 에둘러서 꺼낸 말속에 숨은 뜻.

상황적으로 만약 **그렇다면**…… 전부 앞뒤가 맞는다.

"무슨…… 아니, 잠깐……."

앨빈이 새파래져서 매달리듯 3대 공작을 보았다.

"확실히 그대들이 왕가를 약체화시키고 자신들이 왕가를 대신하여 이 나라의 실권을 쥐고 싶어 한다는 건 알고 있어……. 하지만, 아무리 그렇더라도, 조국을 적에게 팔아

넘기는…… 그런 파렴치한 짓을 하는 사람은……."

충격을 숨기지 못하는 앨빈.

여전히 침묵을 관철하는 3대 공작.

그런 3대 공작에게 시드가 담담히 말했다.

"우리는 동료야. 같은 국기 아래에서 백성을 지키고 이 나라의 미래를 그리고자 하는 동지야. 생각이 다르고 목적지가 달라도 그것만큼은 다르지 않았을 터. 변명해 줘. 뒤란데 공, 오르토르 공, 앤서로 공. 전부 무식한 《야만인》의 헛다리라고 잘라 내고 일소에 부쳐 줘. 내가 사죄하게 해 줘. 내가…… **그 녀석들**의 자손을 경멸하지 않게 해 줘. 부탁해."

그런 시드의 말에.

"……."

"……."

"……."

뒤란데 공, 오르토르 공, 앤서로 공…… 캘바니아 왕국의 기둥인 3대 공작은 끝까지 침묵으로 일관했다.

"……유감이야."

시드는 원통하다는 듯 눈을 감고 조용히 한숨을 쉬었다.

그리고—.

술렁. 술렁. 술렁.

동요와 곤혹이 걷잡을 수 없이 소용돌이치는 가운데.

"안타깝지만 앨빈 왕자."

이제껏 침묵을 유지하던 뒤란데 공이 조용히 일어났다.

"앞으로 펼쳐질 혼돈과 격동의 시대에…… 그대 같은 빈약한 왕은 이 나라의 미래를 그릴 수 없어."

이어서 오르토르 공도 조용히 일어나 말했다.

"백성을, 세상을 이끄는 것은 더 강한 왕, 더 강한 지도자예요."

그리고 앤서로 공도 조용히 일어나 말을 이었다. 앨빈에게 비수 같은 말을 꽂았다.

"당신처럼 우리 고참 귀족을 경시하고 《야만인》의 힘만 믿고서 멋대로 구는 폭군에게 이 이상 충의를 맹세하고 싶지는 않습니다. 죄송합니다. 이것도 진실로 이 나라의 앞날과 백성을 생각하기에 내린 결정입니다. 저희 3대 공작가는 드래그니르 제국의 볼프 황자를 주군으로 삼고 충성을 맹세하기로 했습니다."

"……뭐……."

말을 잇지 못하는 앨빈.

말을 잇지 못하는 이자벨라와 텐코.

말을 잇지 못하는 대신들과 왕실파 기사들.

3대 공작가의 이반과 배신. 그 말도 안 되는 사실에, 예상치 못한 전개에, 회담장의 시간이 완전히 동결되어 버렸다.

"어때? 이해했어? 앨빈 왕자. 이게 바로 진정한 왕의 그릇이야."

크크큭, 의기양양하게 웃으며 볼프가 고했다.

"카리스마를 발휘하여 군대를 이끌고 정면으로 적과 싸우는 것만이 싸움인 건 아니지. 이렇게 싸우기 전부터 이미 이긴 상황을 만드는 것이야말로 백전불패의 강한 나라, 강한 왕이야. 덕분에 최소한의 희생과 피해로 왕국을 수중에 넣게 됐어."

""""네 이노오오오오오오오옴—!""""

왕실파 일반 기사 십여 명이 격분하여 일제히 검을 뽑았다. 의분에 차서 볼프에게 압도적인 살의를 보냈다.

그들은 요정검을 가지고 있지 않지만 그런대로 단련했고, 볼프를 지키는 호위 기사보다 수가 두 배 이상 많았다.

평범하게 생각하면 볼프는 절체절명의 상황이었다.

하지만—.

"호오? 여기서 해볼 텐가?"

볼프는 대담하게 웃었다.

"좋아. 무례하게도 먼저 검을 뽑은 건 너희야."

볼프가 여유롭게 손을 들고.

볼프의 호위 기사들이 제각기 검을 뽑은— 그때였다.

"멈춰."

일촉즉발의 상황에.

엄청난 낙뢰 소리와 섬광과 함께 순식간에 끼어든 자가 있었다.

그 인물은 볼프에게 왼손을, 왕실파 기사들에게 오른손을 들어 완전히 제지했다.

지금까지 조용히 지켜보기만 하던 시드였다.

공기가 터질 듯한 날카로운 기백으로 그 공간의 격분한 기세를 완전히 죽였다.

"양쪽 다 진정해. 이런 데서 싸워 봤자 재미없어."

"……?!"

"여기서 볼프 도련님이 다치기라도 해 봐. 제국한테 대의명분만 주는 거야. 나라와 왕가를 생각하는 그 의분과 충의는 높이 사지만, 동시에 그것들은 모든 걸 태워 버릴 양날검이야. 진정으로 나라를 생각한다면 그건 마음의 칼집에 넣어 둬."

시드의 말이 맞기에 기사들은 분한 얼굴로 입을 다물 수밖에 없었다.

"그리고."

시드가 볼프 쪽을 힐끔 보았다.

"내가 막지 않았다면 너희는 전부 죽었을 거야."

어느새.

정말로 어느새…… 볼프를 지키듯 새로운 기사가 나타나 있었다.

하얀 전신 갑옷과 하얀 망토를 걸친 기사였다. 다른 제국 기사들과는 차림새가 전혀 달랐다.

그 하얀 기사가 쓴 풀페이스 투구의 바이저 안쪽에서는 날카로운 패기에 찬 눈이 번뜩이고 있었다.

그리고— 무엇보다 하얀 기사가 풍기는 존재감과 박력에.

회담장의 공기가 단숨에 무거워졌다.

피부가 찌릿찌릿했다. 시드를 제외한 모두가 제대로 숨을 쉬지 못했고, 맹렬한 한기에 등골이 오싹해져서 덜덜 떨며 무릎 꿇고 주저앉았다.

모두가 통감했다. 영혼으로 깨달았다.

못 이긴다. 이길 엄두가 안 났다. 저 기사에게 검을 겨눈 순간, 자신들 따위는 눈 깜짝할 새도 없이 순식간에 죽을 것이다.

"저, 저 녀석은…… 저 기사는……!"

똑같이 떨면서도 오기로 무릎 꿇지 않고 두 발로 서 있는 텐코가 외쳤다.

"스, 스승님과 똑같아요……! 틀림없어요……! 이 감각은…… 전설 시대의…… 혹은 그에 준하는 등급의 기사예요……!"

""""……헉……?!""""

충격과 절망이 회담장을 휩쓸었다.

그리고 그런 텐코의 말을 긍정하듯이.

"……."

시드가 말없이 몸을 틀어 자세를 깊이 낮추고…… 허리 뒤쪽에 찬 흑요철검의 칼자루에 닿을락 말락 한 위치에서 손을 멈췄다.

즉, 이 의문의 하얀 기사를 최대 수준으로 경계하며 자세를 잡고 있었다.

앨빈을 뒤에 두고 지키는 시드.

볼프 앞에 위풍당당이 선 의문의 하얀 기사.

두 사람의 시선이 맞부딪치며 팽팽한 중압감이 기하급수적으로 상승했다.

"귀공의 주군에게 저지른 이쪽의 무례는 사죄하지. 하지만 물러나. 네가 뽑지 않는다면 나도 안 뽑아."

의문의 하얀 기사에게 시드가 날카롭게 경고했다.

하지만 의문의 하얀 기사는 그 말이 안 들렸는지, 혹은 들을 생각이 없는지.

키득. 투구 안쪽에서 웃는 기색을 보이더니.

한마디도 하지 않고…… 천천히…… 허리에 찬 검으로 손을 뻗었고—.

회담장의 긴장과 팽팽한 공기가 한계를 돌파하려고 한—

바로 그때.

"됐다. 물러나, 백기사(白騎士)."

그런 볼프의 말에.

백기사라고 불린 의문의 기사는 발산하던 중압감을 싱겁게 거두고서 뒤로 물러났다.

그 순간, 회담장의 공기가 이완되었다.

"……"

시드도 경계와 자세를 풀고 공손히 물러나는 백기사를 말없이 지켜보았다.

그렇게 구사일생하여 긴장을 푸는 일동을 흘겨보고서 볼프가 말했다.

"그렇군, 이 남자가 바로 그《야만인》인가. 역시 앨빈 왕자야. 제법 괜찮은 기사를 키우고 있어. 뭐, 내 백기사만큼은 아니지만."

"볼프 황자……! 그대 뒤에 있는 그 기사는 대체 뭐지……?!"

앨빈은 식은땀을 흘리면서도 간신히 의연한 태도를 유지하며 물었다.

"놀랄 일은 아닐 텐데? 귀공 정도의 그릇으로도 그만한 기사를 부하로 두고 있잖아. 그렇다면 내 그릇으로는 그 이상의 기사를 부하로 둘 수 있는 게 당연하지."

"큭……."

한없이 오만한 볼프의 말에 앨빈은 이를 갈 수밖에 없었다.

"그럼 상황을 다시 정리할까."

그렇게 원망스레 쳐다보는 앨빈에게 볼프는 담담히 고했다.

"알다시피 왕국 서쪽의 요지, 왕국의 숨통인 랑그리사 성채는 우리 제국의 임페리얼 기사단이 이미 제압했어. 왕국의 세 기둥— 3대 공작가는 내 진영에 들어왔고, 왕국의 주력 요정기사단 대부분이 왕도에서 멀리 떨어진 곳으로 원정을 나가 있지. 그리고 이곳에는 귀공이 믿는 《야만인》보다 훨씬 뛰어난 세계 최고의 기사가 있어. 즉, 귀공을 지키는 건 이제 없어. 귀공은 알몸이야, 앨빈 왕자."

"……읔!"

"이런 상황에 입각하여 다시 묻지. 앨빈 왕자, 내 밑으로 들어와. 내 슬하에 무릎 꿇고, 나의 패도를 이룩할 내 수족이 되는 거야. 자, 어떡할 거지?"

그런 볼프의 물음에.

앨빈은 한동안 눈을 감았다가…… 뭔가를 결심한 듯 말했다.

"……거절한다……!"

"……!"

"귀공의 말에 도의는 없으나 확실히 일리는 있어. 세상의 미래를 진심으로 생각한다면 가장 강한 지배자 밑에서 전부 하나로 통일되어야 하는 걸지도 모르지. 하지만 나는 캘바니아 왕국을 지키는 왕으로서! 내일을 위해 오늘을 필사적으로 사는 백성을 소홀히 할 수 없어! 다른 방법이 있을 거야! 그런 안일한 지름길과 타협하는 건 왕으로서 결단코 불가능해!"

의외였는지 눈을 깜빡이는 볼프를 앨빈은 노려보았다.

"볼프 황자. 나는 귀공을 따르지 않아. 결코 귀공의 것이 되지 않아. 이 나라를 갖고 싶다면…… 이 자리에서 나를 쳐야 할 거다……!"

그건 그야말로 결사의 각오였다.

시드와 백기사가 호각이고 3대 공작가가 적으로 돌아선 이상, 앨빈 주위는 적투성이다. 싸우기는커녕 도망칠 수도 없다.

이런 상황에서 볼프에게 그렇게 큰소리치는 것은 죽음을 의미했다.

아나나 다를까, 3대 공작이 히죽 웃더니 신호를 보내서 휘하의 요정기사들을 불러들였다.

스무 명이 넘는 요정기사가 회담장에 우르르 밀어닥쳤다. 당연히 다들 요정검을 가지고 있었다. 요정검이 없는 왕실파 일반 기사는 상대할 방법이 없었다.

도망칠 길은 없어졌다.

"애, 앨빈……!"

"텐코. 일이 이렇게 되어서…… 미안해."

불안해하는 텐코에게 앨빈이 중얼거렸다.

"나는 여기까지인가 봐. 이건 내가 책임져야 할 문제야. 앞으로 왕국의 백성은 오랫동안 고통을 겪겠지. 백성을 지키지 못한 내가 뻔뻔하게 살아 있을 순 없어. ……그게 다야."

"그, 그런 건……!"

텐코가 칼을 뽑으려 했지만…….

"왕으로서 명한다. 저항하지 말고 제국에 투항하라. 여기서 나와 함께 죽지 않아도 돼."

"—?!"

그런 앨빈의 명령을 듣고 텐코가 울 것 같은 얼굴이 되었다.

"앨빈—."

시드가 움직이려고 해도.

"……."

백기사가 그것을 완전히 억제했다.

"칫—."

백기사는 시드도 집중해서 싸워야 하는 상대였다.

앨빈을 위해 움직이면 바로 등을 베일 것이다.

그렇게 모두가 조마조마하게 지켜보는 가운데.

앨빈이 세검을 스륵 뽑아서…… 그 칼끝을 바닥에 푹 꽂았다.

그 칼자루 끝에 양손을 올리고 그대로 위풍당당하게 볼프를 응시했다.

"자, 마음대로 해. 내가 살아 있는 한, 이 나라는 귀공의 것이 되지 않아."

자세히 보면 앨빈의 손은 미미하게 떨리고 있었지만.

그 올곧은 눈만큼은 조금도 떨리고 있지 않았다.

"그렇군…… 백성을 위해 뜻을 관철할 각오를 한 건가."

뒤란데 공이 히죽 웃고서 요정검을 뽑았다.

"대단히 훌륭하시네요, 왕자님."

오르토르 공도 요정검을 뽑았다.

"그 각오에 경의를 표하여 편히 끝장내 드리겠습니다."

앤서로 공도 요정검을 뽑았다.

3대 공작의 요정검은 당연히 신령위.

즉, 시드를 제외하면 이 왕국에서 최강급인 기사였다.

"……."

더는 할 말도 없어서 앨빈은 입을 다물었다.

그런 가운데, 시드는 고뇌하는 표정인 이자벨라에게 눈짓하여 신호를 보냈다.

'……이자벨라. 알고 있지?'

'네…….'

뭔가를 깨달은 것처럼 이자벨라가 고개를 끄덕였다.

시드의 눈으로 봐도 백기사의 실력은 대단했다. 자신과

동등하거나 그 이상이었다.

그래서 시드는 백기사에게 등을 베일 것을 각오하고서 앨빈을 구하여 이자벨라에게 맡기고 도망칠 길을 만들자고 순식간에 각오를 다졌다.

'……나의 벗 아르슬, 미안해. 그쪽으로 가면 마음껏 나를 때려.'

한순간의 틈을 가늠하는 시드.

바야흐로 모든 것이 격동적으로 움직이려던 차에—.

"후하하하하하하하하하하하하하하하하하하하하—!"

회담장의 치명적인 기세를 죽이는 커다란 웃음소리가 울려 퍼졌다.

다름 아닌 볼프의 웃음소리였다.

"무슨……?"

얼떨떨해하는 앨빈과 달리 볼프는 환희에 찬 표정이었다.

마치 어릴 때부터 줄곧 찾았던 보물을 마침내 발견한 듯한…… 그런 분위기였다.

"역시 훌륭해, 앨빈 왕자! 더더욱 내 발밑에 무릎 꿇리고 싶어졌어! 그리고 이대로 아름다운 꽃을 꺾어서 내 패도의 역사서를 장식하는 책갈피로 쓰는 것도 재미없지! 그러니 기회를 주지! 나와 여흥을^{게임} 즐기지 않겠나!"

"……여흥이라고?"

"그래. 여흥. 나와 귀공의 왕으로서의 그릇을 신에게 묻는 거야."

볼프가 앨빈 곁으로 여유롭게 다가와 얼굴을 가까이 댔다. 필사적으로 노려보는 앨빈을 여유롭게 내려다보았다.

"듣자 하니 슬슬 이 나라의 전통 제사…… 성령 강림제가 시작된다던데. 그리고 나라의 얼굴이 될 최고의 기사를 정하는 천기사 결정전이라는 성령 어전 시합이 열린다고."

"그게…… 뭐 어쨌다는 거지?"

"그 시합에…… 내 휘하의 기사도 참가시키기로 하지."

"""……그게 무슨?!"""

어안이 벙벙해진 일동 앞에서 볼프가 즐겁게 말을 이었다.

"만약 빛의 요정신의 맹세 앞에서 너의…… 왕국의 기사가 내 기사를 쓰러뜨린다면…… 나는 너와 이 나라를 포기하겠어. 얌전히 손을 떼겠어. 하지만 내 기사가 너의 기사를 전부 해치우고 정점에 선다면…… 앨빈, 너는 내게 무릎 꿇고, 내게 충성을 맹세하고, 내 것이 되는 거야. 어때? 이런 상황에 이 조건이면 받아들이지 않을 이유가 없다고 생각하는데?"

볼프의 말이 맞았다.

이미 상황은 절망적이다.

볼프 옆에 있는 의문의 백기사가 이 장소를 장악하고 있고, 게다가 제국군이 랑그리사 성채를 제압했다. 왕국은 완전히 목에 칼이 겨눠진 상태였다.

이제 앨빈을 이 자리에서 죽이든, 붙잡아서 대충 죄를 날조하여 민중 앞에서 처형하든 하면 볼프는 이 나라를 통째로 손에 넣을 수 있다.

굳이 그런 여흥을 즐길 의미가 전혀 없었다.

그런 앨빈의 의문에 답하듯 볼프는 당당히 이야기하기 시작했다.

"왕의 그릇이란 무엇인가? 그건 곧 왕을 지지하는 기사들의 그릇이지. 더 뛰어난 기사를 거느린 자가 더 뛰어난 왕인 거야. 그렇다면 너의 기사보다 내 기사가 더 뛰어남을, 즉, 내 그릇이 너의 그릇보다 훨씬 뛰어남을, 위대한 빛의 요정신 앞에서 증명하기로 하지. 그러면 격의 차이를 깨달은 너도 내게 머리를 숙일 마음이 들 거야. 안 그래?"

"귀공의 기사가 참전하는 걸 인정하지 않는다고 하면?"

"그럼 이대로 평범하게 귀공과 이 나라를 멸망시킬 따름이지."

그렇게 말하는 볼프에게.

"모르겠어……."

앨빈은 고개를 저었다.

"왜지? 볼프 황자……. 왜 귀공은 그렇게 나를 무릎 꿇리는 데 집착하지?"

"말했잖아? 나는 네가 마음에 들었어."

앨빈은 더더욱 알 수 없었다.

승전국의 왕이 패전국의 왕의 능력을 높이 사서 자기 부하로 삼는 일은 확실히 역사적으로 없지는 않았다.

하지만 앨빈은 아직 정식으로 왕위를 계승하기 전이었다.

실제로 현재 정무 대부분은 《호반의 여인》의 수장 이자벨라가 맡고 있었다. 탁월한 국정 수완을 가진 사람은 어디까지나 이자벨라지 앨빈이 아니었다.

게다가 앨빈은 기사로서도 아직 미숙했다.

볼프가 백기사 같은 괴물을 부하로 두고 있는 이상, 기사로서의 앨빈에게 눈독 들일 만한 가치가 있을 리 없었다.

이렇게까지 준비를 갖춰 두고서 볼프가 앨빈을 고집하는 의미를 전혀 알 수 없었다.

'애초에…….'

앨빈은 문득 생각했다.

볼프가 자신을 보는 눈이…… 때때로 좀 이상한 것 같았다.

뭔가 위화감이 들었다.

'그 눈은…… 마치 나를 「남자」가 아니라…….'

오싹, 등골을 타고 올라오는 한기를 뿌리치듯이.

앨빈은 고개를 흔들어 **그 가능성**을 부정했다.

'아니야! 그럴 리가 없잖아……! **그건** 이자벨라와 텐코, 시드 경 말고는 아무도 몰라……. 알 리가 없는 비밀이야……!'

그렇게 생각하지 않으면.

무섭고 불안해서 털썩 주저앉을 것 같았다.

만약 정말로 **그렇다면** 앨빈의 모든 것이 무너지고 붕괴되어 버린다―.

"……."

앨빈이 침묵하고 있으니.

"자, 어떻게 할 거지?"

볼프가 여유롭게 물었다.

실로 비겁하기 짝이 없는 선택지였다.

이 나라와 백성을 구할 실낱같은 희망을 보여 주면.

나라와 백성을 한결같이 생각하는 앨빈은 이렇게 대답할 수밖에 없었다.

"좋아. 그 여흥, 받아들이지. 볼프 황자."

앨빈이 도전하듯 날카롭게 볼프를 노려보았다.

"크크큭, 말 잘했어. 하지만 받아들인 이상, 약정을 지켜 줘야겠어. 만약 너의 기사가 패배하면…… 너는 내 발밑에 무릎 꿇는 거야."

"알고 있어. 성왕의 계보, 앨빈 노르 캘바니아의 이름으로 맹세하지. 하지만 그건 내가 할 말이기도 해, 볼프 황자. 내 기사가 이기면…… 귀공은 이 나라에서 완전히 손을 떼는 거야."

"그래, 알고 있어. 뭐, 있을 수 없는 일이지만."

그렇게 서로를 노려보고서.

모두가 전전긍긍하는 가운데, 두 미래의 왕의 회담이 끝났다.

제3장 오만한 늑대

―그날.

드래그니르 제국이 왕국을 침략했다는 소식은 왕국 전체로 퍼졌다.

이런 정보는 아무리 계엄령을 내려도 막을 수 없었다.

곧장 나라 전체가, 왕도 전체가 곤혹과 혼란에 휩싸였다.

"드, 들었어……?"

"그래…… 이미 제국군이 코앞까지 와 있대…….."

"기, 기사님들은 대체 뭐 하고 있는 거야……?!"

"시, 실은…… 3대 공작님들이 자기들 살겠다고 다들 이 나라를 배신하고 제국 편에 붙었다나 봐……!"

"세상에…… 어떻게 그런 짓을…….."

"그보다 제국의 속국이 되면 지독한 징역과 무거운 세금이 부과된다던데…… 종주국을 떠받치는 노예 같은 취급을 받는다고…….."

"맞아. 소문에 의하면 제국에 제압당한 소국의 백성들은 차례차례 굶어 죽고 있다고 해."

"우리는 대체 앞으로 어떻게 되는 거지……?"

"역시…… 앨빈 왕자에게는 버거운 짐이었나……?"

왕도 백성들의 불안은 걷잡을 수 없이 부풀어 억측과 소문이 끊이지 않았다.

그리고 그것은.

캘바니아 왕립 요정기사 학교의 학생들도 예외가 아니었다.

"정말이야……?! 정말로 제국이 쳐들어온 거야?!"

요정기사 학교의 대식당에 크리스토퍼의 외침이 울려 퍼졌다.

지금, 나라의 앞날을 염려하는 젊은이들이 대식당에 모여 이것도 아니네 저것도 아니네 하며 부질없는 의논을 거듭하고 있었다.

당연히 주된 화제는 제국의 침략이었다.

"그, 그럴 수가…… 드래그니르 제국과는 선왕 아르드 님이 불가침 동맹 조약을 체결했을 텐데……."

리네트가 울먹거리며 말했다.

"그랬죠. 하지만 최근 동향이 심상치 않긴 했어요."

일레인이 한숨을 쉬며 어깨를 떨궜다.

"불가침 동맹 조약을 맺은 건 선왕 아르드 님과 드래그니르 제국의 현 황제 리처드 님이에요. 리처드 님은 근래

병상에 누워 있어서 국정에 관여할 상태가 아니라고 들었어요."

"그런 황제를 대신하여 제국 상층부를 주름잡은 것이……
볼프 황자야."

세오도르가 심각한 표정으로 안경을 올렸다.

"황제가 병들어 움직이지 못하는 걸 기회 삼아 볼프 황자는 자신과 황실에 반발하는 파벌을 단숨에 제거하고 국외로 추방하여 제국 내의 전권을 순식간에 장악했어. 황제가 몸져누운 것도 황자가 약 같은 걸 써서 그런 게 아니냐는 소문도 있지. 그만큼 황자가 사실상 제국의 수장이 된 솜씨는 좋아."

"원래부터 과격파이고 야심가인 분이에요. 협조 노선을 추구하던 온건파 황제가 움직이지 못하는 틈을 타 강제로 침략 통일 정책을 추진하고 있는 거겠죠."

"그리고 마침내 그 마수를 이 나라에도 뻗친 건가요?!
어쩜 이렇게 비겁할 수가……!"

텐코가 분노하며 주먹을 움켜쥐었다.

그러자 세오도르가 복잡한 표정으로 말을 이었다.

"하지만…… 실제로 훌륭하긴 해."

"그, 그게 무슨 말이에요?! 왜 적을 칭찬하는 거예요?!
세오도르!"

"나를 물어뜯지 마, 진정해. 객관적인 사실을 말했을 뿐이야."

뾰족한 송곳니를 드러내며 위협하는 텐코를 향해 세오도르가 어깨를 으쓱였다.

"그렇게 강제적으로 주변 나라들에 진출하는 정책을 펴면 당연히 국내에서도 반발이 커. 황실의 위광이 있더라도, 원래 황제가 펴던 정책도 있으니 그리 간단히 진행될 리가 없어. 하지만 볼프 황자는 부제를 대신하여 실권을 잡자마자 즉각 국내의 의지를 하나로 아우르고 질풍처럼 침략을 개시했어. 그러면서 한편으로 이 캘바니아 왕국 상층부의 빈틈을 눈여겨보고…… 3대 공작가와 은밀히 접촉하여 자기 진영으로 끌어들였지. 그리고 굳이 직접 찾아와 항복을 요구하는 담대함…… 그야말로 패왕의 그릇이야. 난세에 남들 위에 서는 자로 이토록 제격인 인물은 흔치 않을 거야. 황자를 신처럼 우러르며 스스로 따르고자 하는 자도 많겠지."

"크……으…… 끄으으으…… 애, 앨빈도……!"

텐코가 분한 얼굴로 반론했지만.

"안타깝지만…… 이대로 가면 앨빈은 눈앞에서 적에게 부하와 나라를 빼앗긴 얼간이라고 후세에 전해질 거야."

"세오도르! 어떻게 그런 말을……!"

텐코가 새빨개진 얼굴로 외쳤지만.

"어쩔 수 없잖아?! 역사란 그런 거야! 언제나 승자가 자기 입맛대로 휘갈긴다고!!! 패자의 사정 따위 아무도 헤아려 주지 않아!"

늘 냉정한 세오도르가 보기 드물게도 흥분하여 감정적으로 맞받아쳤다.

"나도 전혀 납득하지 못했어! 제국의 이번 방식에는 화가 나서 참을 수가 없다고!!!"

"……!"

그 험악함에 모두가 말문이 막혀 고개를 숙이고 말았다.

"젠장…… 3대 공작가 놈들! 왕가와 사이가 나쁘다는 건 알고 있었지만…… 이렇게 간단히 나라를 배신하다니. 나고 자란 조국이잖아?! 역적 놈들……!"

쾅!

크리스토퍼가 식탁을 때린 소리가 식당 내에 싸늘하게 울려 퍼졌다.

그리고 크리스토퍼는 시선을 옆으로 쓱 옮겼다.

"너희는…… 알고 있었어?"

그 시선 끝에는 오르토르 학급의 루이제, 뒤란데 학급의 올리비아, 앤서로 학급의 요한 등 다른 학급 학생들이 똑같이 심각한 표정으로 서 있었다.

"그럴 리가 없잖아! 우리 3대 공작가 산하의 전통 3학급 종기사들도 이런 얘기는 금시초문이야! 오늘 처음 들었어!"

루이제가 억울하다며 화난 모습으로 외쳤다.

"위에서 내려온 얘기에 의하면…… 아무래도 우리는 조만간 3대 공작가가 보유한 말로서 제국의 임페리얼 기사단에 흡수, 편입된다고 해."

차분한 모습이긴 하지만 요한도 복잡한 얼굴이었다.

일이 이렇게 된 이상, 천기사 결정전에서 시드가 이기든 지든…… 나라가 쪼개지는 건 불가피했다.

가공할 격동의 시대가 온다…… 그런 예감만이 강하게 들었다.

"그야 우리는 3대 공작가 파벌의 기사니까…… 그렇게 되는 게 당연하다고는 생각하지만……!"

한편 올리비아는 얼굴이 새파랗게 질려서 당혹스러워하고 있었다.

"올리비아! 요한! 너희는 그래도 좋아?! 정말로 배신자 매국노가 될 셈이야……?!"

"아, 알고 있어! 그런 건 나도 안다고! 하지만…… 하지만……!"

크리스토퍼가 질책하자 올리비아는 머리를 싸매고 울상이 되어 고개를 숙여 버렸다.

이게 얼마나 중대한 일인지는 생각할 필요도 없었다.

올리비아와 요한은 이름난 기사 명가의 차기 가주였다.

이 격동의 때에 어떻게 처신하느냐에 따라 자신과 가문의 운명이 결정된다. 그들에게는 지켜야 할 것이, 짊어져야 할 책임이 있었다.

"실제로…… 여러분은 앞으로 어쩔 생각인가요?"

일레인이 일동을 둘러보며 물었다.

"단연코!! 저는 앨빈 편이에요!!!"

가장 먼저 망설이지 않고 외친 사람은 텐코였다.

"앞으로 어떻게 되든 저는 앨빈의 기사고, 앨빈을 위해 싸우며 앨빈을 위해 죽을 거예요!"

"제 생각도 텐코 선배와 같아요! 저는 왕자님을 섬기기 위해 이곳에 왔어요! 앞으로 어떻게 되든 왕자님을 위해 싸우겠어요!"

1학년 종기사 유노도 힘차게 고개를 주억거렸다.

"뭐, 블리체 학급의 주요 멤버들은 그렇겠지."

"그렇죠. 저희는 애초에 따로 갈 곳이 없는 사람들이니까요. 앨빈은 저희를 거둬 준 은인이에요."

크리스토퍼와 일레인의 말에.

"……흥."

"……!"

아무 말도 하지 않았지만 입을 다물고서 콧방귀를 뀌는 세오도르와 고개가 떨어질 듯 열심히 끄덕거리는 리네트도 같은 생각인 것 같았다.

"하지만…… 당신들은 고민되겠죠."

일레인이 다른 학급 학생들을 흘낏 보았다.

"……큭……."

요한과 올리비아는 물론이고 루이제조차 망설이듯 입을 다물었다.

바로 그때.

"으하하하하하하하하하하─! 너희 바보구나?!"

무거운 분위기의 식당에 경박한 웃음소리가 울려 퍼졌다.

뒤란데 학급의 2학년 종기사─ 가트였다.

"뭘 망설여? 이딴 나라, 어떻게 생각해도 이미 끝났잖아! 이길 수 없는 상대에게는 복종해야지! 내가 생각하기에 이건 오히려 기회라고!"

"뭐라고……?!"

"강대한 드래그니르 제국에 나쁘지 않은 조건으로 붙을 수 있잖아! 이딴 허접한 나라에서 기사로 지내는 것보다 훨씬 출세하는 보람이 있겠지! 나는 뒤란데 공과 제국 편에 붙겠어! 으하하하하하하하하하하하─!"

"너 이 자식……!"

크리스토퍼가 격분하여 일어나 가트의 멱살을 잡았다.

"진심으로 하는 소리야……?!"

"하! 진심도 이런 진심이 없는데? 뭐 불만이라도 있어? 원래부터 나는 너희와 달리 왕가의 개가 아니거든. 왕가

따위, 침몰해 가는 배야!"

"멍청아……! 이건 왕가만의 문제가 아니잖아! 잘 생각해……!"

크리스토퍼가 윽박질렀다.

"평민 출신인 나도 안다고! 제국에 편입되면 이 나라는 전부 엉망진창이 될 거야……! 당연히 우리의 고향도……!"

"……!"

크리스토퍼가 지적하자 가트의 이마에 아주 작게 진땀이 맺혔다.

그런 가트에게 크리스토퍼가 잇달아 말했다.

"너도 이 나라에 고향과 가족이 있잖아……?! 고향과 가족이 엉망이 돼도 괜찮겠어?! 너 혼자만 좋은 배로 갈아타면 되는 거냐고! 정말 그래도 좋아?!"

"그, 그럼 어쩌라는 건데……?! 이렇게 꽉 막힌 상황에서……! 허울 좋은 말만으로 살 수 있을 것 같아……?!"

서로 주먹이 나가기 직전.

일촉즉발의 상황을 잠재운 사람은 일레인이었다.

"거기까지만 하세요."

지척에서 노려보는 두 사람 사이로 요정검이 쑥 지나갔다.

"……?!"

"……칫! 송사리 주제에……."

이에 정신을 차린 크리스토퍼와 가트가 서로를 놓고 거

리를 뒀다.

그런 두 사람 앞에서 일레인은 검을 검집에 넣으며 담담히 말했다.

"솔직히 자신의 인생이 걸린 아주 중대한 분수령이에요. 저도 여러분에게 눈치 없는 소리를 할 생각은 없어요. 다만 서로 후회 없는 길을 가기로 해요. 설령 가까운 미래에, 같은 학교에서 한솥밥을 먹은 자들끼리 검을 맞대게 되더라도 말이에요."

일레인의 그 말을 듣고.

일동은 그저 무겁게 침묵할 뿐이었다.

"어쨌든…… 일단은 천기사 결정전의 결과가 중요하겠죠."

"그렇지. 볼프 황자가 드래그니르 황실의 이름하에 발령한 성명인 이상, 그 말에는 상당한 구속력이 생겨. 약정을 어기면 황실의 권위에도 흠이 생기고. 온 대륙의 웃음거리가 돼."

"즈, 즉…… 천기사 결정전에서 왕국이 이기면……?"

"당분간은 왕국의 독립이 유지되겠죠. 문제는…… 이길 수 있느냐지만요."

그러자 텐코가 귀를 바짝 세우며 외쳤다.

"당연히 이길 수 있죠! 왜냐하면 이 나라에는 스승님이…… 전설 시대 최강의 기사가 있는걸요! 이 국난이라면 스승님도 당연히 출전해 주실 거예요! 백기사인지 뭔지 모르겠지만 여유라고요!"

"너는 진짜 바보구나……."

세오도르가 한숨을 쉬었다.

"그렇게 단순한 얘기가 아니야. 시드 경이 이 왕국에 있다는 건 이미 여러 나라에 알려져 있어. ……그 비상식적인 무용도 말이지. 그런데도 볼프 황자가 천기사 결정전으로 승부를 내자고…… 왕국 측에 너무나도 유리한 조건을 구태여 고른 의미를 조금은 생각해 봐."

"반드시 이길 수 있는 비책이 있거나……."

"……아니면 백기사가 시드 경에게도 지지 않을 만큼 강하거나."

믿기 어려운 일이지만.

아까 회담장에서 벌어졌다는 시드와 백기사의 대치에 관한 소문을 듣건대 의외로 터무니없는 이야기도 아니었다.

"그리고."

세오도르가 다시 안경을 올리고서 한숨을 쉬고 고개를 돌렸다.

"어디까지나 내 추측이지만……. 앨빈은 시드 경을 천기사 결정전에 참가시키지 않을지도 몰라."

"네?! 그게 무슨……?"

일동의 시선이 세오도르에게 일제히 모였다.

—————.

"시드 경! 시드 경을 천기사 결정전에 참전시킵시다!!!"

한편 그 무렵— 원탁회의실에서는.

왕실파의 대신과 기사들이 쉴 새 없이 아우성치고 있었다.

"3대 공작가의 입김이 닿은 기사는 믿을 수 없습니다!!!"

"시드 경에게 매달릴 수밖에 없어요⋯⋯!"

"맞습니다. 전설 시대 최강이라고 칭송받은 시드 경의 무예로 이 궁지를 벗어나는 것 말고는 길이 없습니다⋯⋯!"

"앨빈 왕자님⋯⋯! 부디 휘하의 기사 시드 경에게 하명해 주십시오!"

"천기사 결정전에 참가하여 우승하라고 명령하는 겁니다!!!"

"시드 경의 힘이 있으면⋯⋯ 이 나라는 살 수 있습니다⋯⋯!"

"그리하면⋯⋯!"

신하들의 그런 필사적인 상소를.

"⋯⋯."

앨빈은 어딘가 딴 세상의 일처럼 말없이 듣고 있었다.

"⋯⋯앨빈⋯⋯."

그 심중을 이해하는 이자벨라는 복잡한 표정으로 앨빈의 옆모습을 안타깝게 바라볼 뿐이었다.

그리고 그런 두 사람의 심정 따위 꿈에도 모른 채 신하들의 분위기는 고조되었다.

"이야~ 이런 상황에 말하긴 뭐하지만, 시드 경이 앨빈 왕자님의 충실한 기사라서 정말로 다행입니다!"

"그러니까 말입니다! 만약 시드 경이 없었다면 어떻게 됐을지!"

"시드 경을 부활시키는 비전을 후세에 남겨 주시다니, 역시 왕가의 위대한 시조, 성왕 아르슬 님!"

시드의 압도적인 무예를 아는 자로서, 역시 시드가 지는 것은 현실적으로 생각할 수 없었다.

그래서 이 사태를 낙관적으로 보는 자들도 있었다.

시드만 있으면 이 나라는 괜찮다고. 안녕하다고.

"……."

앨빈은 그런 신하들의 이야기를 그저 묵묵히 듣고 있었다.

앨빈 앞에서 신하들의 이야기는 계속되었다.

"그런데…… 3대 공작가 녀석들은 정말로 어이가 없군요!"

"그러니까 말입니다! 은혜도 모르는 배신자 놈들……! 선왕 아르드 님에게 그토록 큰 은혜를 입었으면서……!"

"아르드 님이 건재하셨을 때는 얌전했던 주제에……! 돌아가시자마자 이 꼴이라니!"

"그렇지요! 아르드 님이 살아 계셨다면 이런 일은 없었을 텐데……! 요절하신 것이 정말로 애석합니다……."

"아아, 폐하는 너무 일찍 붕어하셨어요……. 그분은 무용과 정치 수완까지 모두 갖춘 그야말로 진정한 왕이셨습니다……."

"음…… 만약 왕께서 이 자리에 계셨다면……."

그렇게 신하들이 좋을 대로 떠들고 있으니.

"거기까지만 하세요."

이자벨라가 일어나서 강한 어조로 말했다.

"돌아가신 분을 지금 얘기해 봤자 별수 없습니다. 그리고 그 이상은 앨빈 왕자님에 대한 불경과 모욕입니다. 말조심하세요."

그러자 신하들이 곧장 뭔가를 깨달은 듯 퍼뜩 놀랐다.

"……실, 실례했습니다……!"

"요, 용서해 주십시오, 전하!!!"

"저, 저희는 결코 왕자님을 업신여기고자 한 게 아닙니다……!"

새파래져서 송구스러워하는 신하들에게 앨빈이 말했다.

"괜찮아. 알고 있어. 나는 신경 안 써."

"하, 하오나……."

"괜찮아. 괜찮으니까……."

앨빈은 상냥하게 온화한 미소를 지었다.

지금 이곳에 모인 대신과 일반 기사들은…… 선왕 때부터 왕가에 충성을 맹세한 왕실파 사람들이었다.

앨빈과는 어릴 때부터 알고 지낸 사이로, 친척 같은 자들이었다.

앨빈은 그들이 이 나라를 위해, 왕가를 위해 얼마나 분골쇄신하며 지금껏 이바지해 줬는지 알고 있었다.

그런 만큼…… 앨빈은 그들을 나무랄 수 없었다.

어쩔 수 없는 일이었다.

시드 경.

선왕 아르드.

이 국난에 그들이 의지하는 것은 당연히 진정한 기사와 진정한 왕이다.

그러니까 어쩔 수 없었다.

누구도…… 앨빈에게 **아무런 기대를 안 하더라도.**

"……잠시…… 쉬기로 할까……."

앨빈이 느릿하게 일어났다.

"와, 왕자님……."

일동이 바라보는 가운데.

앨빈은 어깨를 떨구고서 회의실을 나갔다.

그렇게 퇴실하기 직전에.

앨빈은 누구에게도 들리지 않을 목소리로, 누구에게랄 것도 없이 중얼거렸다.

"결국…… 나는 아무것도…… 내 존재 가치 같은 건…… 전혀……."

————.

앨빈은 성내를 방황했다.

특별히 갈 곳을 의식하지는 않았지만, 발은 자연스럽게 어떤 장소로 향했다.

지금 앨빈이 가장 만나고 싶어 하는 인물이 자주 있는 곳으로.

그리고.

그곳으로 터덜터덜 걸어가며 앨빈은 생각했다.

'볼프 황자는…… 정말로 굉장한 사람이야…….'

확실히 방식 자체는 청렴하다고 말하기 어려울지도 모른다.

하지만 애초에 왕이란, 집정자란, 맑음도 탁함도 모두 받아들이는 자다. 그것도 그릇이다.

그렇게 생각하면 볼프의 수완은 어떠한가?

드래그니르 제국은 확실히 대륙에서 가장 강대한 국가지만, 캘바니아 왕국도 아직 강국으로 여겨지는 국가다.

제국이 다른 나라들처럼 왕국을 병합하고자 정면으로 부딪친다면…… 양국에서 어마어마한 희생자가 나올 것이다. 자칫 잘못하면 둘 다 망한다.

그런데도 볼프는 최소한의 희생으로 캘바니아 왕국을 거의 수중에 넣었다.

그 선견지명, 외교 수완, 교섭 능력, 결단력, 카리스마……
전부가 특출했다. 모두가 기꺼이 그를 따르며 그를 지지할
것이다. 그야말로 패왕의 그릇이다.

그에 반해 자신은 어떠한가?

'눈앞에서 3대 공작가에게 버려지고…… 모든 대응이 늦
었고…… 게다가 누구도 나를 필요로 하지 않아…… 기대
하지 않아…….'

볼프 황자와 자신은 남들 위에 서는 왕으로서의 그릇이
너무 차이가 났다.

역시 무리였던 걸까?

이런 자신이 성별을 속이면서까지 왕이 되는 건. 이 나
라와 백성을 구하겠다는 건 그저 방자한 자만심이었을까?

'나는…… 대체…….'

그렇게 고민하는 사이에.

앨빈은 캘바니아 왕성의 안뜰까지 와 있었다.

그곳에는 다양한 나무들과 꽃이 심긴 아름다운 정원이
펼쳐져 있었고…….

그 정원의 잔디밭 한가운데에 앨빈이 지금 가장 만나고
싶어 했던 인물이 다리를 꼬고서 누워 있었다.

시드였다.

"……무슨 일이야? 앨빈."

아마 시드는 지금까지 자다가 앨빈이 다가오는 기척에

깼을 것이다.

눈을 감은 채 앨빈에게 말했다.

"저, 저기…… 그게……."

앨빈은 뭔가를 말하려다 결국 아무 말도 하지 못하고.

한동안 우물쭈물하다가.

"……그게…… 시드 경…… 옆에…… 앉아도 될까요……?"

그렇게 얼버무렸다.

"그래."

시드는 간단히 대답했다.

앨빈은 누워 있는 시드의 바로 옆에 털썩 앉았다.

"…….'"

"…….'"

한동안 두 사람 사이에 침묵이 흘렀다.

내리쬐는 햇빛이 두 사람을 비췄다.

온화한 바람이 불어와 나무들을, 잔디를 어루만지고 갔다.

신기한 침묵과 시간이 두 사람 사이를 느긋하게 흘러가고.

이내 그 침묵을 버티지 못하게 된 것처럼 앨빈이 입을 열었다.

"시드 경…… 제게 아무 말도 안 해 주나요……?"

그러자.

"앨빈. 그다음에 무슨 말을 할지 잘 생각하고 말해. 너는 지금 시험받고 있어."

여전히 눈을 감은 채인 시드의 말을 듣고 앨빈이 눈을 크게 떴다.

질책하는 것도 아니다.

매도하는 것도 아니다.

시드는 그저 담담히 앨빈의 마음속을 들여다본 것처럼 말했다.

"일단 먼저 말해 두겠어. 내가 스스로 너를 **배려하는 일은 없어.**"

"……!"

"만약에 네가 왕이 아니었다면 물론 나는 얼마든지 너를 위해 배려했을 거야. 너를 위해 스스로 싸웠을 거고, 너를 데리고 땅끝까지 갔을 거야. 하지만 너는 왕이고…… 나는 너의 기사야. 이해하지?"

"……으……아……."

"기사는 왕의 의지를 구현하는 자. 왕의 말을 검으로 세상에 새기는 자야. 왕은 언제나 자신의 의지로, 자신의 신념으로, 자신의 길을 열어야 해. 그게 왕의 그릇이야. 기사는 그걸 보좌하는 자에 불과해. 이 나라를 어떻게 하는가? 어떻게 하고 싶은가? 왕으로서 관철해야 할 의지와 결단을…… 나한테 맡기지 마. 맡긴 순간, 너는 왕이 아니게 돼. 그저 금이야 옥이야 예쁨받을 뿐인 공주님이 되는 거야. 나를 실망시키지 말아 줘. 내 이번 생의 주군."

"······!"

시드의 말은······ 앨빈의 마음을 깊게, 깊게 후벼 팠다.

아무런 반론도 할 수 없었다.

시드는 그저 앨빈의 마음속에 잠재된 어리광을 가차 없이 들춰내서 눈앞에 보여 준 것에 불과하기 때문이다.

그랬다. 앨빈은 시드에게 어떤 기대를 하고 있었다.

자신이 말하지 않아도 시드가 그래 주길 기대하고 말았다.

하지만 시드가 말한 대로, 그건 왕으로서의 앨빈이 끝나는 일이었다.

나라를 짊어지는 왕으로서 앨빈은 스스로 결단해야 했다.

시드는 지금 앨빈이 망설이고 있는 것도 다 꿰뚫어 보고 있었다.

만약 앨빈이 정말로 **그것**을 바란다면.

앨빈은 자신의 의지로, 자신의 입으로, 왕으로서, 기사인 시드에게 왕명을 내려야 했다.

"시드 경······ 저는······."

하지만.

도저히 그 말이 나오지 않았다. 혀끝에서 막혀 버렸다.

그 말을, 그 왕명을, 시드에게 전해야 하는데.

앨빈은 그것을 시드에게 전할 수 없었다.

"······저, 저는······ 저는······."

앨빈이 말을 잇지 못했고.

"……."

시드는 드러누운 채 그저 묵묵히, 조용히 앨빈의 말을 기다렸고.

"……시드 경…… 저는—!"

그래도.

앨빈이 뭔가를 필사적으로 목 안쪽에서 짜내려고 한…… 그때였다.

"크크큭…… 이런 곳에 있었나, 앨빈 왕자."

즐거워하는 목소리가 안뜰에 울려 퍼졌다.

앨빈이 돌아보니 팔짱을 끼고서 여유롭게 선 볼프가 있었다.

"화, 황자……?! 왜 이곳에?!"

"널 보고 싶었거든, 앨빈 왕자."

볼프가 어깨를 으쓱이며 앨빈에게 걸어왔다.

"내가 직접 고민 상담을 해 줘야겠다 싶어서 말이지."

"고민 상담……?"

"그래. 듣자 하니 왕자. 너는 아직 거기 있는 시드 블리체란 녀석을 천기사 결정전에 엔트리시키지 않았다던데."

"……!"

입을 다무는 앨빈에게 볼프가 여유로운 모습으로 계속

말했다.

"거참 이상한 얘기야. 이번 천기사 결정전에는 왕국의 명운이 걸려 있어. 그렇다면 왕명을 내려서 왕국 최강의 기사를 즉시 참가 등록시키는 건 지극히 당연한 일인데…… 왜 너는 아직까지 그러지 않았을까?"

"그, 그건……! 그건……."

앨빈이 뭐라고 대꾸하려 했지만 말문이 막혔다.

그런 앨빈을 보고 히죽 웃고서 볼프가 말했다.

"가르쳐 주지. 그건…… 네가 망설이고 있기 때문이야, 앨빈 왕자."

"무, 무슨…… 바보 같은 소리를……?!"

"뭐, 나의 백기사가 지는 일은 만에 하나라도 없겠지만…… 그건 차치하고, 너의 그 망설임의 본질에 관해 말하기로 할까. 나는 알아. 너의 망설임은 자신이 왕의 그릇인가에 대한 의문에서 생겨난 거야."

"~~?!"

아연실색하는 앨빈.

뱀처럼 히죽 웃는 볼프.

"남들 위에 서는 자로서 너와 나의 그릇이 압도적으로 차이가 난다는 것을 직시하고…… 너는 왕으로서 자신감을 상실해 버린 거야. 만약. 만약에 기적이 일어나서…… 너의 시드가 내 백기사를 이기고 천기사 결정전에서 승리했다고 하자. 제국의 지배에서 벗어나 독립을 쟁취했다고 하자. 그러면 그 후에 너는 어쩔 거지?"

"……으……아……."

"3대 공작가와 결별하는 건 이미 결정되어 나라는 산산조각. 여전히 요마들의 활동과 북쪽 마국의 위협은 커져만 가고 있지. 그래서 너는 「내 수준의 그릇으로 이 나라와 백성을 앞으로 정말 지켜 나갈 수 있을까?」라고 생각한 거야."

"아, 아니야……."

"또 너는 이렇게 생각한 거야. 「어설프게 내 자존심을 밀어붙여서 독립을 지키기보다 제국에 지배받는 것이 이 나라와 백성을 살리는 길이지 않을까?」, 「그게 왕으로서 내가 택해야 할 최선의 길이지 않을까?」라고."

그 순간이었다.

"웃기지 마아아아아아아아아아아아—!"

갑자기 앨빈이 소리쳤다.

늘 온화하고 얌전한 앨빈이 감정을 드러내며 격앙했다.

왜냐하면 볼프의 지적이…… 틀림없이 정곡을 찔렀기 때문이다.

그게 바로 앨빈이 시드에게 천기사 결정전에 출전하라고 왕명을 내리지 못한 가장 큰 이유였다. 왕명을 내린 순간, 모든 책임이 앨빈의 두 어깨를 짓누른다.

그래서 시드가 먼저 말해 주지 않을까 하고 약아빠진 생각을 하고 말았다.

사실을 지적당했기에 앨빈은 얼굴이 새빨개져서 꼴사납게 격앙할 수밖에 없었다.

하지만 그것도 볼프와 일대일 상황에서 나온 얘기였다면 견딜 수 있었다. 참을 수 있었다.

그러나 다른 누구도 아닌 시드 앞에서 그런 지적을 받는 것만큼은 참을 수 없었다.

보이고 싶지 않았다. 알리고 싶지 않았다.

시드에게만큼은 그런 자신의 나약함을 폭로당하고 싶지 않았다.

물론 이미 시드는 완전히 꿰뚫어 보고 있겠지만…… 그래도 다시금 말로 표현해서 내보이고 싶지 않았다.

그래서 앨빈은 감정을 억누를 수 없었다.

"취소해, 볼프 황자! 이 이상 나를 모욕하는 건 용납 못 해……!"

하지만 앨빈의 사나운 태도에도 볼프는 태연했다.

"호오? 이 나라에서는 사실을 지적하는 게 모욕이 되나? 너의 그 모습을 보니 내가 아주 틀린 말을 한 것 같지는 않은데."

"계속 말하겠다는 건가……?!"

앨빈이 충동적으로 칼자루를 잡은 순간.

"……!"

"…… ."

볼프 앞에 어느새 백기사가 나타나 있었고.

그런 백기사로부터 앨빈을 지키듯 시드가 앞을 가로막고 있었다.

서로를 노려보는 시드와 백기사.

두 사람 사이에서 재차 터질 듯한 압박감과 중압감이 높아졌고—.

"됐어. 물러나, 백기사."

볼프가 침묵을 유지하는 백기사를 제지했다.

"걱정하지 마. 내가 본 앨빈 노르 캘바니아는 충동적으로 성급한 행동을 하는 얄팍한 자가 아니야. 저 시드 블리체란 녀석도 분별력이 있고. 이쪽에서 앨빈을 해치려 하지 않는 한, 움직이지 않겠지."

뭔가 하고 싶은 말이 있는 것 같은 백기사에게 볼프가 그렇게 말하자.

"…… ."

역시 백기사는 한마디도 하지 않고 슬며시 물러났다.

"자, 앨빈 왕자. 하던 얘기를 마저 할까."

"후우……! 후우……!"

화가 난 나머지 부들거리면서 거친 숨을 내쉬는 앨빈에

게 볼프가 말했다.

"나는 모든 것의 정점에 선 왕이야. 그렇기에 내 말은 항상 옳아."

"무슨……?!"

사죄할 생각이 조금도 없는 볼프의 태도에 앨빈이 기막혀했다.

"그리고 나는 왕이기에 간단히 말을 번복하지 않아. 이해하지?"

"큭……!"

앨빈은 모욕감에 떨었다.

"하지만 내 말은 생각보다 더 너의 핵심을 찌른 모양이야. 훗, 이대로는 너도 불만스럽겠지. 그렇다면 왕답게 결판을 내지 않겠나?"

"왕답게……?"

"그래. 승부다, 앨빈 왕자."

볼프가 마치 사냥감을 노리는 포식자 같은 눈으로 앨빈을 보았다.

오싹. 또다시 앨빈은 등골이 오싹해지는 느낌을 받았다.

"나와 네가 일대일로 대결하는 거야."

"대결이라고……?!"

"말하자면 이건 누가 더 뛰어난 기사를 거느리고 있는지를 밝히는 천기사 결정전의 전초전…… 애초에 누가 더 뛰

어난 왕인지를 묻는 싸움인 거지. 만약 왕자가 나를 이긴다
면 나는 앞선 발언을 모두 철회하고 고개 숙여 사과하겠어.
하지만 만약 네가 이 결투를 받아들이지 않는다면, 혹은 네
가 내게 패배한다면…… 그건 그대로 나와 네가 왕으로서
격이 다르다는 증명이야. 나는 결단코 철회하지 않아."

"……?!"

"물론 【불살 결계】는 확실하게 치지. 자, 어때? 앨빈 왕
자. 나와의 결투를 받아들이겠나? 거부하겠나? 어떻게 할
거지?"

볼프가 웃었다.

앨빈을 보고 웃었다.

볼프는 완전히 앨빈을 깔보고 있었다. 얕보고 있었다.

그런 볼프를 앞에 두고 앨빈이―.

"좋아, 나는……!"

―뭔가를 말하려고 한 그때.

"훗, 시시해."

시드가 픽 웃으며 앨빈에게만 들리도록 중얼거렸다.

"상대하지 마, 앨빈. 저런 건 헛바람 든 애송이의 궤변이야."

"시, 시드 경……?"

"마음대로 떠들게 내버려 둬. 애초에 그런 애들 싸움 같
은 결투로 왕의 격이 정해질 리 없잖아? 자, 이만 가자. 여
러 가지 일이 있어서 너는 조금 피곤한 거야. 이자벨라에

게 차를 끓여 달라고 하고 텐코랑 같이 케이크라도 먹어."

시드의 말은 정말로 한없이 정론이었다. 나무랄 데 없이 옳았다.

앨빈도 알고 있었다.

이런 언쟁으로 결투해 봤자 얻을 것이 전혀 없음을.

하지만 지금은.

지금의 앨빈은…… 보통이 아니었다. 냉정하지 않았다.

'다들 시드 경이 이 나라에 있어서 다행이라고 해. 다들 선왕 아르드가 이 나라에 있었으면 좋았을 거라고 해. 다들 나 같은 건 보지 않아. 기대하지 않아. 나도…… 훌륭한 왕이 되려고 지금까지 필사적으로 노력했는데…….'

이런 상황에서 볼프의 말을 인정하고 싶지 않았다. 그냥 넘어가고 싶지 않았다.

어떻게든 볼프에게 이겨서 본인의 입으로 철회시키고 싶었다.

그래.

이곳에 시드가 있으니까.

앨빈이 가장 사랑하는 기사, 시드.

여자의 몸으로 왕이 된다는 가시밭길을 걷는 앨빈의 마지막 마음의 버팀목.

앨빈은 시드가 보는 앞에서…… 이 이상 꼴사나운 모습을 보이고 싶지 않았다.

자신의 왕으로서의 가치를 시드에게 꼭 증명하고 싶었다.

그래서…….

"좋아, 볼프 황자."

앨빈은 시드의 말을 무시하고, 자신의 긍지를 걸고서 말했다.

"그 승부, 앨빈 노르 캘바니아의 이름으로 받아들이지."

그걸 기점으로―.

상황이 곤두박질치게 될 것을 꿈에도 모른 채.

"……앨빈…… 너……."

시드는 머리를 긁적이며 그런 앨빈을 씁쓸한 눈으로 보았고.

"……훗."

볼프는…… 역시 사냥감을 함정에 빠뜨린 뱀처럼 흡족하게 웃었다.

―――――.

"애, 앨빈 왕자님과 볼프 황자가 결투를 벌인다고?!"

"뭐어어?! 어째서?! 왜?!"

그 소문은 순식간에 캘바니아 왕성을 휩쓸었다.

이제부터 두 사람의 결투가 벌어진다는 훈련장에는 성에

서 근무하는 관리들과 사용인들, 대신들, 《호반의 여인》의
반인반요정들, 파벌을 불문한 기사들, 그리고 캘바니아 왕
립 요정기사 학교의 종기사들이 당연히 모여들었다.

"대체 앨빈은 이런 때 무슨 생각을 하는 거야?"

"모, 모르겠어요……."

루이제의 의문에 텐코도 고개를 갸웃할 뿐이었다.

"에잇, 젠장! 잘은 모르겠지만 기회야! 해치워, 앨빈! 재
수 없는 제국 놈을 많은 사람이 보는 앞에서 패 버리는 거
야! 코를 납작하게 만들어!"

"맞아요, 왕자님!!! 해치워 주세요!"

크리스토퍼와 유노가 기염을 토하며 외쳤고, 주변에 모
여 있는 종기사들의 의견도 그와 비슷한 것 같았다.

그런 관객들의 시선이 일제히 모인 곳— 훈련장 중앙에
임시로 설치된 결투장에서는.

"역시 결투란 이래야지."

주위를 둘러보며 여유롭게 선 볼프와.

"……!"

그런 볼프를 물어뜯을 듯이 노려보는 앨빈이 있었다.

그리고 그런 두 사람 사이에는 이자벨라가 있었다.

이 결투의 심판을 맡게 된 이자벨라가 앨빈에게 걱정스
레 말했다.

"정말로 괜찮겠어요? 앨빈 왕자."

"상관없어! 이 이상은 잠자코 있을 수 없어! 이대로는 선왕과 성왕을 뵐 낯이 없어!"

"……."

이자벨라는 앨빈을 어떻게 달랠까 생각했다. 하지만 앨빈은 피가 완전히 거꾸로 솟은 모양이라 무슨 말을 해도 듣지 않을 것 같았다.

"아직 멀었나? 거기 반인반요정. 나는 언제든 좋아."

볼프도 의욕이 넘쳤다.

이제 물러날 수 없었다. 서로 귀환 한계점은 진즉에 지났다.

여기서 싸우지 않고 물러나면 앨빈의 명예는 땅에 떨어져 버린다.

혹은 이것이 볼프가 노린 바였을지도 모른다.

생각해 보면 결투 소문이 성내에 퍼지는 속도가 이상하리만큼 빨랐는데, 어쩌면……?

"……알겠습니다. 양자의 결투 의지를 확인했습니다."

지금은 생각해 봤자 소용없다.

이자벨라는 기사 간의 결투 작법에 따라 결투를 진행하기 시작했다.

"그럼 【불살 결계】를 전개하겠습니다. 규칙은 왕국의 일반적인 결투 형식에 기초합니다. 어느 한쪽이 전투 행동 계속 불능이 되거나 항복을 선언하면 승패가 결정됩니다.

양쪽 모두 준비하십시오."

이자벨라의 진행에 따라 앨빈이 검을 뽑았다.

이에 볼프도 검을 뽑았다.

서로 검을 들고서 상대를 날카롭게 응시했고—

"—시작!"

이자벨라가 결투 개시를 선언한 순간.

"순풍을 일으켜라!"

앨빈이 검에게 말하여 초록 요정마법【질풍】을 발동.

전신에 세찬 돌풍을 휘감고서 의연하게 선 볼프 주위를 엄청난 속도로 달리기 시작했다.

앨빈의 초록 요정검《여명》은 바람을 다루는 힘이 있었다.

'저게 볼프 황자의 요정검인가⋯⋯.'

앨빈은 볼프 주위를 회전하듯 달리며 그의 검을 힐끔 보았다.

"⋯⋯."

앨빈에게 눈길도 주지 않고 선 볼프는⋯⋯ 확실히 요정검으로 보이는 것을 들고 있었다.

기실 요정검은 캘바니아 왕국에만 존재하는 게 아니었다.

요정검을 받는《검의 샘》이 캘바니아 왕국에 있는 것처럼, 비슷한 장소가 세계 각지에 존재했다.

당연히 드래그니르 제국에도 요정검을 얻을 수 있는 성지가 있었고, 제국군의 요체인 임페리얼 기사단의 고위 기사는 요정검을 가지고 있었다.

오히려 드래그니르 제국은 국토가 넓은 만큼 많은 요정 검 산지를 보유해서, 요정검의 보유 총수는 캘바니아 왕국을 크게 웃돌았다.

하지만 종합적인 전력이 왕국을 웃도는 것은 아니었다.

오히려 호각으로 여겨졌다.

왜냐하면 캘바니아 왕국의 요정검과 타국의 요정검은 명확한 차이가 있기 때문이다.

그 차이란, 말하자면 검의 질이었다.

캘바니아 왕국은 요정계와의 경계가 이 세상에서 가장 가까운 곳이다. 그래서 다른 장소보다 더 강한 힘을 가진 요정검이 산출되었다.

시드 말로는 전설 시대와 비교하면 현대의 요정검은 질이 떨어진다는 모양이지만, 그래도 왕국의 요정검과 타국의 요정검은 같은 검격을 비교해도 왕국 쪽의 출력이 더 높았다.

그렇게 요정검 자체가 강하기에 캘바니아 왕국은 지금까지 드래그니르 제국과 대등한 동맹을 체결하여 독립을 유지할 수 있었던 것이다.

'볼프 황자의 요정검은 정체불명이지만……'

앨빈은 영적인 감각을 곤두세워 볼프를 주의 깊게 관찰했다.

그 결과— 뭐, 당연하지만, 볼프는 윌 사용자가 아니었다. 윌 사용자 특유의 호흡이나 혼의 율동이 전혀 느껴지지 않았다.

그 말은 즉, 볼프는 예전에 앨빈이 그랬듯 요정검으로부터 일방적으로 마나를 뽑아내 신체 능력을 강화하고 마법을 행사하는…… 요정검의 힘에 완전히 의지하는 타입이다.

시드에게 단련받은 앨빈처럼 요정검과 대등한 협력 관계가 아니었다.

'그렇다면 두려워할 필요가 없지! 이긴다!'

설령 볼프의 요정검이 신령위더라도.

지금 앨빈에게는 검격의 차이를 보완하고도 남는 윌이 있다.

단련한 윌과 함께 싸운다면 어떻게든 될 것이다.

유일하게 신경 쓰이는 점은…….

'그런데 황자의 요정검은…… 대체 **무슨 색**이지……?'

그 점이 꺼림칙했다.

보통은 영적인 감각을 열면 상대 요정검의 「색」이 보인다. 마나는 그 성질이 「색」이 되어 나타나는 특성이 있었다.

눈에 힘을 주면 텐코의 요정검이 빨강임을 알 수 있고, 루이제의 요정검이 파랑임을 알 수 있었다.

이건 요정검에게 선택받은 자라면 누구나 할 수 있는 일이었다.

하지만 볼프의 요정검은 어째선지「색」이 전혀 보이지 않았다. 강력한 마나를 보유했다는 건 알 수 있지만 그 마나에「색」이 없었다.

　그리고 볼프의 요정검은…… 자세히 보면 생긴 게 묘했다.

　요정검은 오래 산 요정이 변화한 존재다. 그래서 활기찬 생명력이 느껴지는 아름다운 예술품 같은 조형을 이루었다.

　그런데…… 어째선지 볼프의 요정검은 톱니바퀴와 회전추, 나사 등이 검의 밑부분과 손잡이에 보여서 예술품이라기보다 기계 장치 같았다.

　그게 제국산 요정검의 성질인 걸까……?

　'에잇, 될 대로 되라지!'

　앨빈은 마음 한편에 느껴진 일말의 불안을 떨쳐 내고 각오를 다졌다.

　'괜찮아……. 내게는 시드 경에게 배운 윌이 있어……!'

　지지 않는다. 질 리가 없다.

　확실히 예전에 자신은 요정검만 의지해서 약했지만 지금은 다르다.

　자신을 단련하여 요정검과 함께 강해졌다.

　윌 사용자도 아닌 이에게 새삼 질 리가 없었다.

　"……!"

　앨빈은 관객석에서 말없이 이쪽을 지켜보는 시드를 힐끔 보았다.

'지켜봐 주세요, 시드 경! 경에게 배운 모든 것을 쏟아부어서 이기겠어요! 제가 경의 주군에 걸맞다는 것을 이 검으로 증명하겠어요……!'

그렇게 속으로 생각하고서.

"하아아아아아아아아아아아아아아아아아—!"

별안간 앨빈이 공격에 나섰다.

지금까지 볼프 주위를 고속 회전하던 상태에서 순식간에 반전하여.

폭풍과 함께 반대로 회전해 볼프의 등 뒤로 돌아들고 그야말로 질풍처럼 검을 휘둘렀다.

한순간도 감속하지 않은 전광석화 같은 기동이었다.

"""""빠, 빨라?!"""""

관객석의 학생들이 들끓었다.

정식으로 서훈을 받은 왕국의 기사더라도 조금 전 앨빈의 움직임을 파악하고 대처할 수 있는 사람이 몇 명이나 될까.

볼프 황자의 요정검이 아무리 강력해도 피할 수 있을 리가 없다.

앨빈의 세검이 무방비한 볼프의 등에 똑바로 휘둘러졌다.

결투를 지켜보는 관객들이 일찌감치 결판을 몽상한 순간.

성대하게 금속음이 울리며 불꽃이 튀었다.

"……아니?!"

앨빈이, 관객들이, 경악하여 눈을 부릅떴다.

절대 피할 수 없는 속도와 타이밍이었던 앨빈의 검을.

볼프는 대충 뒤로 돌린 검으로 간단히 막았다.

"호오? 제법인데, 앨빈 왕자. 그런 **시대착오적인 검**으로 이 정도 속도를 내다니…… 솔직히 놀랐어."

히죽 웃고서 볼프가 움직였다.

용수철 같은 어마어마한 순발력으로 앨빈을 향해 몸을 돌리며 검을 일섬.

마치 대기를 쪼개는 듯한 참격이 앨빈에게 날아갔다.

콰앙!

앨빈은 순간적으로 검을 들어 그것을 정면으로 막았고—.

그대로 그 위력에 의해 발로 선을 두 줄 그으며 십여 미터를 밀려났다.

"무슨……?! 이, 이 위력……?! 콜록……!"

겨우 멈춘 앨빈이 콜록거리며 가볍게 피를 토했다.

검을 쥔 양손이 저릿저릿하고 감각이 없었다.

막았는데도 앨빈의 몸을 관통한 충격이 결코 무시할 수 없는 대미지가 되어 전신의 뼈와 내장을 삐걱거리게 했다.

'조금 전 볼프 황자의 검은…… 내가 전력으로 윌을 실은

일격을…… 아득히 뛰어넘었어……!'

심지어 어딜 어떻게 봐도 방금 볼프는 진짜 실력을 내지 않았다.

완전히 놀이 수준의 일격이었다.

그런데도 이 위력이라니—.

"……그럴 수가……."

앨빈은 아연해할 수밖에 없었다.

"""""……."""""

그리고 앨빈과 볼프의 「격차」를 빠르게 깨달아 버린 관객들도 말을 잇지 못했다.

"홋, 뭐 해? 결투는 이제 막 시작됐어. 서로 좀 더 기술을 다해서 마음껏 검으로 이야기하자고, 왕자."

볼프가 의기양양하게 웃었다.

"근데 왕자는 재미있네. 아무래도 자신의 검격을 넘어서는 출력을 발휘하는 어떤 기묘한 기술을 쓰는 모양이야. 크크큭, 실로 눈물겨운 노력이군. 감동했어."

"믿을 수 없어……. 대체 그 검은 뭐지……?"

앨빈이 두렵다는 듯 볼프가 든 검을 바라보았다.

볼프가 윌 사용자일 가능성도 의심했지만, 역시 그건 아니었다.

그 한순간에 볼프가 윌을 사용한 기색은 전혀 없었다.

즉, 힘의 비밀은 요정검에 있다.

평범한 요정검은 아니었다.

"앨빈 왕자. 우리 제국군이 전격적으로 허를 찔렀다고는 하지만, 어떻게 난공불락의 랑그리사 성채를 간단히 함락할 수 있었을까? 그 비밀이…… 이거야."

볼프는 앨빈에게 과시하듯 자신의 검 ― 기계 장치 같은 검 ― 을 들었다.

"이게 바로 우리 제국이 자랑하는 신시대를 개척할 새로운 요정검― 인공 요정검이야."
_{스피릿 기어}

"인공 요정검이라고……?"

아연해하는 앨빈에게 볼프가 말했다.

"내가 이 세계를 통일하려면 역시 요정검의 질과 양이 중요하단 말이지. 그게 나라의 총 전력과 직결하는 이상, 피해 갈 수 없는 문제야. 그리고 수는 그렇다 쳐도 질적 면은 아무래도 제국의 요정검이 왕국의 요정검보다 못해. 그럼 어떻게 해야 할까? 만들면 되잖아. 인공적으로."

"……무슨?!"

"나는 어떤 마법사를 부하로 들여서 고품질 요정검을 인공적으로 만드는 방법을 고안해 냈어. 검이 되기 전의 요정을 대량으로 사냥하고, 어떤 의식을 통해 강제로 검으로 바꾸는 거지. 그렇게 만들어 낸 요정검은 약해서 쓸모가 없지만…… 특정 의식으로 여러 개를 녹이고 합성하면 새로운 강한 검을 창출할 수 있어. 그 결과가…… 이거야."

볼프가 손에 든 검으로 땅을 쳤다.

폭발적인 빛과 함께 땅에 커다란 크레이터가 생겨났고 폭풍이 사방팔방으로 휘몰아쳤다.

평범한 요정검을 아득히 뛰어넘은 무시무시한 마나 출력이었다.

"**무색** 요정검…… 인공 요정검. 차세대 기사검이야."

영적인 시각을 연 자라면 누구나 알 수 있을 것이다.

볼프의 요정검에서 피어오르는 대량의 압도적인— 무미건조하고 투명한 마나를.

자연계를 관장하는 생명의 색— 빨강, 초록, 파랑. 그런 아름다운 빛은 어디에도 없었다.

그저 무언가를 죽이는 도구로 폄하된 불쌍한 검의 무색의 파괴 에너지만이 현상으로서 거기 있었다.

확실히 강한 힘이 느껴지지만…… 끔찍한 모독 같기도 했다.

"어, 어떻게 이런 짓을……?!"

이자벨라가 격분하여 외쳤다.

"요정을 강제로 검으로 만들고 복합 합성하다니……?! 그건 우리 《호반의 여인》들 사이에서도 엄중히 금지된 금단의 사술이에요……!"

"알 게 뭐야. 사술이라고? 그게 뭐 어쨌는데? 이런 훌륭한 기술을 꼭꼭 숨겨 두는 건 그저 멍청한 짓이잖아?"

"사술이란 점을 넘어가더라도……! 요정은 예로부터 사람의 좋은 친구이자 좋은 이웃이에요! 그런 요정들이 사람에게 도움을 주고자 그 몸을 바쳐 검이 되어 준 것이 요정검…… 사람과 요정의 유대를 보여 주는 증거라고요……! 그런데 요정들을 일방적으로 잡아서, 일방적으로 검으로 만들고, 일방적으로 녹여서, 한 자루의 검으로 바꾸다니…… 그런 끔찍한 일을 저지르고서 당신은 마음이 아프지도 않나요?!"

그렇게 이자벨라가 눈물마저 글썽거리며 호소했지만.

"같잖군. 요정검 따위, 어차피 도구잖아? 그런 것보다도 내게는 이루어야 할 대의가 있어. 그걸 위해서라면 요정들이 천 마리 갈리든, 만 마리 갈리든 알 바 아니야."

"~~?!"

그런 볼프의 말을 듣고 이자벨라는 부들부들 떨며 입을 다물 수밖에 없었다.

"어쨌든 앨빈 왕자. 나는 이 인공 요정검을 양산하고 말단 병사한테까지 나눠 줘서 최강의 기사단을 만들어 냈어. 뭐, 내 인공 요정검은 요정 100마리로 만든 특수한 검이지만. 이 정도 급의 검은 제국에도 이것뿐이야. 아무튼 나는 이 검으로 이 세계를 통일할 거야. 그리고 북쪽 마국을 멸망시키고, 말만 그럴싸한 게 아닌 진정한 평온과 안녕, 발전을 이 세계에 가져올 거야. 그걸 위해서라면 얼마든지 희생을 치르겠어! 그게 패왕으로서의 내 길이야! 하하하하…… 아하하하하하하하하하하하하하하하하하하—!"

한없이 자신감 넘치는 모습으로 절대적 지배자의 품격을 드러내는 볼프를 보고서.

모두가 겁내고, 두려워하며, 침묵할 수밖에 없었다.

결투장은 완전히 볼프 한 명에게 압도되었다.

"……으……아……."

그리고 그건 앨빈도 예외가 아니었다.

볼프의 압도적인 존재감에 앨빈도 위축되어 버렸다.

"얘기가 딴 길로 샜지만."

볼프가 획 뒤돌았다.

"슬슬 손이 저린 건 풀렸나? 앨빈 왕자."

"큭?!"

"그럼 재개하지. 나와 왕자…… 누가 더 뛰어난 왕인가? 그걸 결정할 결투를 계속하자고."

그렇게 말하고 볼프가 사납게 웃었다.

사자가 새끼 사슴을 보는 것처럼 앨빈을 보며 입맛을 다셨다.

오싹…… 알 수 없는 생리적 혐오감과 공포가 또다시 느껴졌다.

그것을 떨쳐 내듯…….

"아, 아아아아아아아아아아아아아아아—!"

앨빈이 혼 전체의 월을 불태워 볼프에게 달려들었다.

그것을 볼프는 여유롭게 요격했고…….

너무나도 일방적인 결투가 시작되었다.

———.

"크으으으으으윽—!"

앨빈이 맹렬하게 검을 휘둘러 공격을 가했다.

온몸에 세찬 바람을 휘감고서 귀기가 감도는 무시무시한 연격을 가했다.

신속한 돌진에 이은 페인트, 옆으로 매섭게 스텝을 밟고 볼프의 발밑을 그었다.

찰나, 몸을 움직여 번개처럼 검을 쳐올리고 가하는 찌르기.

바로 검을 빼며 몸을 돌려서 대각선으로 섬광 같은 일섬.

그리고 온몸을 틀어 회전시켜서 그 기세를 몰아 춤추듯 세 번, 강하게 휘둘렀다.

단련한 월 호흡, 연마한 검술.

상급생이나 정식으로 서훈을 받은 요정기사도 앨빈의 검을 세 번 막지는 못할 것이다.

하지만 그런 앨빈의 뛰어난 검을.

"하하하하하! 잘하는데! 아주 실력이 좋아, 앨빈 왕자!"

볼프는 마치 훈련이라도 봐주는 것처럼 가끔씩만 검을

움직여서 튕겨 내고, 막고, 쳐 내고, 흘려 넘겼다.

앨빈이 바람 같은 속도로 움직여 사방팔방에서 공격하고 있는데도 볼프는 그 자리에서 묵직하게 버티며 한 발짝도 움직이지 않았다.

앨빈은 마치 시드를 상대하는 것 같다고 느꼈다.

"큭—?! 그렇다면—!"

앨빈이 땅을 박차 거리를 벌렸다.

그리고 기도의 언령을 검에게 바쳤다.

"빠르게 날아가 때려눕혀라!"

앞으로 내민 앨빈의 칼끝에서 압축 응축된 바람 포탄이 날아갔다.

초록 요정마법 【바람 망치】. 무거운 성문조차 날려 버리는 바람 파성추가 볼프를 향해 똑바로 나아갔다.

하지만—.

"흡—!"

볼프가 검을 들고 살짝 기합을 넣자.

검에서 무색 마나가 분화처럼 뿜어져 나와 순식간에 마나 장벽을 전개했고—.

파앙!

앨빈이 날린 혼신의 마법을 간단히 막아 버렸다.

"흐응? 재주도 좋군."

"으…… 으으……?!"

앨빈은 이를 갈 수밖에 없었다.

볼프가 방금 만든 마나 방벽은 마법이라고 할 수 없었다.

그저 노예처럼 거느린 요정검에서 마나를 대량으로 뽑아내 앨빈의 마법에 강제로 부딪쳤을 뿐이었다.

앨빈도 월을 터득하기 전에는 요정검만 의지하며 일방적으로 마나를 빌려 썼지만…… 그것도 요정검과의 신뢰와 협력에 기초한 것이었다. 그래서 혹사하여 요정검이 피폐해지면 그 이상은 마나를 끌어낼 수 없었다.

하지만 볼프의 검은 달랐다.

노예처럼 예속된 검에서 사용자가 원하는 만큼 일방적으로, 강제적으로 마나를 착취하는 것이다. 아마 검이 한계를 넘어섰더라도…….

"그렇게 검을 쓰면……! 검이 금방 망가져 버려……!"

"호오? 그게 어쨌는데? 검 따위 소모품이잖아? 망가졌다면 새로운 것으로 바꾸면 그만이지."

요정은 사람과 함께 사는 친구라는 감각이 볼프에게는 전혀 없는 것 같았다.

앨빈과는 전혀 이야기가 통하지 않았다. 서로 맞을 것 같다는 생각이 안 들었다.

'지고 싶지 않아……! 이런 사람에게 지고 싶지 않아……!'

앨빈이 분한 듯 이를 갈았다.

검술의 숙련도로는 뒤처지지 않았다.

마법 실력으로는 뒤처지지 않았다.

오히려 단순히 그 기량들만 본다면…… 앨빈이 더 뛰어났다. 볼프보다 압도적으로 뛰어났다.

하지만 그걸 뛰어넘어— 볼프의 인공 요정검은 비할 데 없이 강력했다.

"자, 그럼…… 슬슬 내 쪽에서 움직여 볼까."

"—윽?!"

"검은 이렇게 쓰는 거야. 모범을 보여 주지."

볼프가— 움직였다.

앨빈과의 거리를 대충 좁히고 대충 검을 들어서 아래로 휘둘렀다.

검의 성능만을 믿고 가하는 범부의 일격이었다.

노력과 연구를 전혀 안 한 것은 아니지만…… 피를 토하거나 의식을 잃을 만큼 자기 자신을 몰아붙인 적은 없는 미지근한 일격.

하지만 그것이 무섭도록 빠르고, 무섭도록 강했다.

쾌앙!

"으아아아아아아아아아아아—?!"

순간적으로 막은 앨빈의 몸이 성대하게 비틀거렸다. 뒤로 젖혀졌다.

압도적인 충격이 검 너머로 전해지며 앨빈의 몸을 삐걱거리게 했다.

직접 맞은 것도 아닌데 격심한 대미지가 격통이 되어서 앨빈의 얼굴을 일그러뜨렸다.

"하하하! 으랴! 으랴! 으랴!"

어린아이가 나뭇가지를 휘두르며 노는 것처럼 볼프가 앨빈에게 공격을 퍼부었다.

앨빈은 검을 들어 필사적으로 그것을 막고 흘려 넘겼다.

하지만 그 일격을 막을 때마다 엄청난 충격이 앨빈의 방어를 관통하여 몸에 고통을 줬다. 몸을 괴롭혔다.

충격을 다 막아 내지 못하여 앨빈의 몸이 인형처럼 우스꽝스럽게 춤췄다.

"아윽?! 으, 아, 아아아아······?!"

"하하하하하하하! 왜 그래? 왕자! 자, 힘내! 힘내! 결투는 이제 막 시작됐잖아! 하하하하하하하하하하—!"

가학적으로 웃으며 볼프가 앨빈을 희롱하고, 희롱하고, 희롱했다.

이건 완전한 학대였다.

결투장에 모인 누가 보더라도 이미 승패는 명백했다.

하지만 볼프는 자신과 앨빈 중 누가 더 우월한지를 사람들에게 과시하기 위해 집요하리만큼 앨빈을 괴롭혔다. 빨리 결판내지 않고 질질 끌었다.

신성한 결투는 완전히 악취미 쇼로 전락해 있었다.

"애, 앨빈……!"

관객석에 있던 텐코가 얼굴이 새빨개져서 칼자루를 잡고 뛰쳐나가려 했고.

"참아 주세요! 텐코!"

그런 텐코를 일레인이 황급히 뒤에서 제압했다.

"놔, 놔 주세요!!! 앨빈을! 앨빈을 도와야 해요!"

"마음은 이해하지만, 지금 그러면 전부 끝장이에요! 어쨌든 왕들 간의 결투인데 서훈조차 받지 못한 일개 종기사가 끼어들면 중대한 외교 문제라고요! 당신이 책임질 수 있나요?!"

"으, 으으, 으으으으으으으으으으으~~!"

텐코는 분한 얼굴로 이를 갈며 울 수밖에 없었다. 울면서, 지금도 여전히 필사적으로 볼프에게 맞서 싸우는 앨빈을 바라볼 수밖에 없었다.

모두가 그렇게 머리를 싸매고 새파래져서 난리를 피우는 가운데.

"……"

단 한 사람, 시드만이 앨빈의 싸움을 조용히 지켜보고 있었다.

희롱당하는 앨빈을 보면서 아무 느낌도 안 받는 것 같은 옆모습을 보이고 있었다.

하지만.

질끈 움켜쥔 그 주먹에서는 희미하게 피가 떨어지고 있었다.

————.

쿵!

"—아, 으으으윽?!"

볼프의 일격을 맞고 마침내 크게 날아간 앨빈이 꼴사납게 땅에 떨어졌다.

앨빈은 온몸이 만신창이였다. 땀에 흠뻑 젖은 몸은 완전히 피폐했고, 숨은 거칠었고, 더는 한 줌도 월을 짜낼 수 없는 상태였다.

반면 볼프는 상처 없이 멀쩡했다. 실로 태연한 얼굴이었다.

"크……으…… 하아……! 하아……! 헉……! 헉……!"

하지만 그래도 앨빈이 검을 지팡이 삼아 필사적으로 일어나자.

"슬슬 알았겠지? 나와 너의 왕으로서의 격차를."

볼프가 그런 앨빈을 깔보듯 말했다.

"애초에 너는 왕의 그릇이 아니야. 슬슬 그걸 인정하고

내 발밑에 무릎 꿇도록 해. 너의 나라를 내게 맡겨."

그런 볼프에게.

"왜지……?"

앨빈이 쥐어짜 내듯 말했다. 이미 승패는 결정된 것을 알지만, 그래도 도저히 이해할 수 없는 점이 있었다.

"왜 그렇게까지…… 나를 복종시키는 데, 집착하는 거지……?"

"……."

"그저 이 나라를 갖고 싶은 거라면 이런 번거로운 짓을 할 필요가 없어……. 다른 나라처럼 평범하게 멸망시키면 돼……. 그런데 왜……?"

그러자.

"크크큭……."

볼프가 의미심장하게 웃기 시작했다.

"뭐, 뭐가 웃기지……?"

"너도 둔한 녀석이군."

얼떨떨해하는 앨빈 앞에서 한바탕 웃고 볼프가 말했다.

"이렇게나 열심히 어프로치했는데 아직도 눈치를 못 챘나!"

"……아, 으……?"

"이딴 나라는 어찌 되든 좋아. 물론 세계 통일이라는 나의 원대한 꿈을 위해 언젠가 수중에 넣을 생각이긴 하지만, 어찌 되든 좋아. 내 진짜 목적은 너야, 앨빈. **나는 너**

를 갖고 싶은 거야."

볼프의 눈이 앨빈을 보았다.

역시 그건 새끼 사슴을 보는 사나운 포식자의 눈이어서…… 앨빈의 등에 오싹하게 소름이 끼쳤다.

"……뭐……? 나를 갖고 싶다고……? 그, 그건, 가신이나 종자로서……?"

"시치미 떼는 것도 작작 해. 나는 너를 **황후로 맞이하고 싶다**고 말하고 있는 거야."

"무, 무슨 바보 같은 소리를……?! 나, 나는, 남자一."

생각지 못한 볼프의 말을 듣고 앨빈이 동요하여 떨리는 목소리로 받아치려고 하자.

"**여자잖아?** 앨빈 왕자一 아니, 알마 공주."

확신에 찬…… 아니, 오히려 **처음부터 알고 있었다**는 얼굴로.

볼프가 그렇게 공언했고.

그것을 들은 모두가 어안이 벙벙해져서 굳었다.

"어? 왕자님이…… 여자……?"

"어, 어떻게 된 거야……?"

"잘못 들었나……?"

웅성웅성웅성…… 경기장 내에 동요와 곤혹이 전파되었다. 물론 아직 믿는 것은 아니었다.

하지만—.

"화, 확실히, 앨빈 왕자님은 여자처럼 예쁘긴 한데……."

"아, 아니, 잠깐! 그렇다고 해도 역시 말도 안 되잖아!"

너무나도 당당한 볼프의 말투에, 상상도 못 했던 발언 내용에, 경기장에 모인 일동은 동요와 곤혹을 감추지 못했다.

앨빈의 얼굴이 매우 아름답고 반듯한 중성적인 생김새라는 것이 볼프의 발언에 미묘한 신빙성을 줬기 때문이다.

그렇게 의혹이 소용돌이치는 가운데—.

"아니야! 나는 남자야!!!"

앨빈이 발끈하여 외쳤다.

"나는 앨빈 노르 캘바니아! 언젠가 이 나라의 왕이 되어 이 나라를 지탱하기 위해 지금은 기사 서훈을 받고자 노력 중인 몸! 그 외에는 무엇도—."

"이제 됐어. 그만해도 돼, 알마."

볼프가 가엾다는 듯 고개를 저었다.

"너는 여자면서 이 나라를 위해 왕이 될 것을 맹세하고 지금까지 필사적으로 여자인 자신을 죽이며 계속 달려왔어. 너는 잘했어. 애썼어. 훌륭해. 칭찬해 주지."

"그, 그러니까……! 나는—."

"더는 무리하지 않아도 돼. 결국 여자는 왕이 될 수 없어."

"~~?!"

"하지만 나는 그런 네가 진심으로 아름답다고 생각했어. 온갖 역경 속에서 백성을 위해 싸우는 너란 여자는 이 세상에 존재하는 억만의 보배보다 값져. 너야말로 세계의 정점에 설 나의 황후가 될 만한 지고의 여자야. 네가 지금까지 쌓은 고귀한 공적을 보아서 내가 상을 주지. 내 것이 돼, 알마 공주. 내가 너를 왕이라는 중책에서 해방해 주겠어."

"……다……."

"그대처럼 예쁘고 아름다운 여자에게 정치나 전쟁 같은 건 어울리지 않아. 금이야 옥이야 예쁨받으면 돼. 남들 위에 서는 게 아니라 내 밑에서 고운 음색을 연주하는 악기가 되면 돼. 그게 여자의 행복이야. 내가 그걸 주지."

"닥쳐어어어어어어어어어어어어어어—!"

더는 참을 수 없어서 앨빈이 격앙했다.

"그 이상의 모욕은…… 그 이상의……!"

자신은 여자가 아니라고 부정하는 것도 잊고서 앨빈은 볼프에게 검을 겨눴다.

앨빈이 살면서 이토록 모욕을 받은 것은 처음이었다.

일찍이 앨빈이 했던 각오, 여자로서의 행복을 버리겠다는 결의, 계속해서 견뎠던 간난신고, 몇 번이나 도망치고 싶었지만 그래도 이 길을 걸어갈 것을 택한 신념.

지금의 앨빈을 형성하는 그 모든 것을.

이 볼프라는 남자는 지금 모조리 걷어차고 짓밟고 무가치하다며 비웃었다. 그저 여자를 아름답게 꾸미는 화장이라고 단정 지었다.

용서할 수 없었다.

그런 걸 용서할 수 있을 리가 없었다.

그래서.

"아아아아아아아아아아아아아아아아아아아아아아아아—!"

앨빈은— 달렸다.

검을 치켜들고 볼프를 향해 전신전령, 일직선으로 달렸다.

어떻게든 한칼을.

자신의 모든 오기와 긍지를 걸고서 한칼을.

적어도 한칼을 볼프에게 먹이지 않으면 직성이 풀리지 않았다.

하지만 그렇게 흐트러져서 잡념이 섞인 검 따위, 누구에게도 닿을 리가 없었다.

"……훗."

볼프는 앨빈의 자포자기 돌진을 엇갈리듯 쓱 피하고서—.

휙휙. 두 번 검을 휘둘렀다.

다음 순간.

쫙! 앨빈의 가슴 부근이…… 찢어졌다.

"……아……."

앨빈은 아연실색했다.

마치 싱그러운 과실의 껍질을 살며시 벗겨 내듯 앨빈의 의복이 팔락 풀어져서 벌어졌고…… 그 가슴 부분이 백일 하에 드러났다.

싱그러운 하얀 피부. 작긴 하지만 청초하고 아름다운 능선을 그리는 두 둔덕.

「남성」이라면 불가능한 그 조형미.

"~~읏?!"

앨빈이 즉각 검을 버리고 양손으로 가슴을 가리며 웅크렸지만.

지금까지 앨빈과 볼프의 결투를 매달리듯 지켜보던 관객들은…… 본의 아니게 **보고 말았다.** 알아 버렸다.

"이, 이봐…… 봤어……? 방금 그거…….."

"거, 거짓말……."

"서, 설마…… 그런……."

동요와 혼란은 곧장 해일처럼 관객석을 집어삼켰다.

앨빈이 여성임을 처음 안 블리체 학급의 동료들도 아연하게 입을 벌리고서 앨빈을 바라볼 수밖에 없었다.

"……아…… 아아…… 아아아……?!"

앨빈도 완전히 동요하여 혼란에 빠져 있었다.

그저 가슴을 가린 채 웅크리고 덜덜 떨기만 할 뿐이었다.

돌이킬 수 없는 상황이 되어 버렸다…… 그 회한과 공포로 눈물을 뚝뚝 흘렸고…… 그 모습은 그야말로 연약한 소녀였다.

그런 약하고 가여운 앨빈을 내려다보며 볼프가 말했다.

"하하하하하하하하—! 뭐 하는 거야? 앨빈 왕자! 쓰러뜨려야 할 적의 눈앞에서 왕이 검을 내던지다니! 남자가 그런 꼴사나운 짓을 할 것 같아? 이제 알았겠지! 너는 여자야! 여자는 여자답게—."

두근.

그때, 볼프의 심장이 「죽음」의 공포에 떨었다.

온몸에서 식은땀이 솟구치며 체온이 단숨에 내려갔다.

"……헉?!"

정신 차리고 보니.

"……."

망연자실한 앨빈 옆에 어느새 시드가 있었다.

볼프에게 무방비하게 등을 보인 채 앨빈의 어깨에 자신의 망토를 걸쳐 그 폭로된 몸을 관중들의 눈으로부터 가려주고 있었다.

시드는…… 말이 없었다.

앨빈과 마주한 채 결코 볼프를 보려고 하지 않았다. 무색투명한 그 기운. 살기도, 적의도, 분노조차도, 그 등에서는 아무것도 느껴지지 않았다.

하지만 볼프의 본능이 확신했다.

지금 시드가 「그럴 작정」이었다면 자신은 진즉에 이 세상에서 사라졌을 것이다.

"볼프 황자 전하."

"—헉?!"

이름을 불려서 처음으로 깨달았다.

자신의 눈앞에 백기사가 있음을.

시드로부터 지키듯 백기사가 자신 앞에 서 있음을.

너무나도 짙은 「죽음」의 기운에 볼프는 그런 것조차 눈치채지 못한 것이다.

거친 숨을 내쉬며 악몽을 견디는 볼프 앞에서.

"애, 앨빈! 앨빈……!"

"왕자님! 정신 차리세요……!"

정신을 차린 텐코와 유노가 망연자실한 앨빈 곁으로 달려왔다.

이자벨라가 주위에 있던 반인반요정들을 모아 아주 무서운 얼굴로 뭔가를 지시했다.

결투를 계속할 분위기는 아니었다.

"정말 꼴불견이군."

백기사가 앨빈을 보며 불쑥 그런 말을 중얼거렸다.

위장 마법일까? 남자 목소리인지 여자 목소리인지도 판단할 수 없었다.

하지만 백기사가 망연자실하게 울고 있는 앨빈을 보며 진심으로 같잖게 여기는 듯한, 즐거워하는 듯한…… 그런 분위기만큼은 전해졌다.

백기사가 드러낸 그 미약한 어둠에.

볼프는 왠지 등골이 오싹해지는 느낌을 받았다.

"그럼 이제 어떻게 하시겠습니까?"

백기사가 그렇게 물어서.

"흐, 흥. 여러모로 흥이 깨졌어."

볼프는 축제는 끝났다며 검을 집어넣었다.

"뭐, 좋아. 당초 예정대로야. 이로써 이 왕국에 아주 큰 쐐기를 박았어. 앨빈의 마지막 보루…… 지켜야 할 백성들도 앨빈을 버리겠지. 이제 느긋하게 이 나라를 수중에 넣고 앨빈…… 아니, 알마 공주를 내 걸로 만들기만 하면 돼. 하하하하하……! 하하하하하하하하하하하하하하─!"

그렇게 말하고서.

볼프는 짐짓 크게 웃고 휙 발길을 돌려 그 자리를 떠났다.

마치 승자가 개선하듯 위풍당당한 모습이었지만…… 본인은 알지 못했다.

"……."

아무 말 없이 볼프에게 눈길도 주지 않고 묵묵히 등을 보이는 시드.

그런 시드로부터 조금이라도 거리를 벌리려고 도망치듯 빠르게 걷는 자신의 심리를 전혀 눈치채지 못했다.

그리고 그때.

볼프를 지키듯 시드와의 사이에 위치를 잡은 백기사가 나직이 중얼거렸다.

"……시드 블리체. 섬길 주군을 잘못 골랐군."

"……."

들었는지 못 들었는지.

결국 시드는 아무런 대답도 하지 않았다.

제4장 새로운 결기

"이거 참, 정말로 대단하세요, 볼프 황자 전하."

왕도의 고급 주택가에 지어진 앤서로 공의 별저.

호화로운 가구가 갖춰진 귀빈실에 볼프를 향한 찬사가 울려 퍼졌다.

실내에서는 3대 공작인 앤서로 공, 뒤란데 공, 오르토르 공과 초대받은 볼프가 와인잔을 한 손에 들고서 오크 테이블에 둘러앉아 회담하고 있었다.

"네, 정말 그렇습니다. 황자님의 이번 책략과 솜씨……
참으로 훌륭하십니다. 이 캘바니아 왕국은 이제 황자 전하의 수중에 있다고 해도 과언이 아닙니다."

3대 공작들은 다리를 꼬고서 거만하게 소파에 앉아 와인을 마시는 볼프에게 차례차례 아첨했다.

"……흥."

볼프는 그다지 상대하지 않고서 잔을 비우고 다시 와인을 따랐다.

3대 공작은 아랑곳하지 않고 계속 말했다.

"마침내! 마침내 걸리적거리던 캘바니아 왕가를 실추시켰어! 앞으로는 황자 전하 밑에서 마음껏 싸움의 환희를 맛볼 수 있는 거야! 으하하하하하! 좀이 쑤시는군!"

예전부터 영토 확대라는 국익 때문이 아니라 그저 전쟁을 위해 타국을 침략하고 싶어 했던 뒤란데 공이 매우 즐거워하며 외쳤다.

"앞으로는 격동의 시대가 될 거예요. 앨빈 같은 나약한 왕 아래에서 이 나라와 백성은 도저히 살아남을 수 없어요. 볼프 황자 전하 같은 진실로 강한 왕이야말로 모든 것을 다스리실 분이죠. 저 오르토르는 전하의 패도를 전신전령으로 따르겠어요."

그렇게 말하는 오르토르 공은 자신만 괜찮다면 타인 따위 어찌 되든 상관없는, 자신이 사치를 부릴 수 있다면 나라가 어떻게 되든 알 바 아닌…… 그런 인물이었다. 그렇기에 침몰하려는 배를 버리고 새로운 배로 성공적으로 갈아탄 것을 단순히 기뻐하고 있었다.

"그나저나 전하의 선견지명에는 감복했습니다. 이 르메이 드 앤서로, 폐하의 패도를 닦는 초석이 되어 진심으로 영광입니다."

사실 이 앤서로 공이야말로 가장 먼저 볼프와 내통한 장본인이었다. 강자에게 굴복하는 전형적인 타입…… 제국의 판도에 좋은 형태로 끼어든 자신의 수완에 도취되어 있는 것 같았다.

드래그니르 제국이 캘바니아 왕국을 병합한 후, 볼프의

대리로서 3대 공작가가 왕국령을 통치하게 해 주겠다고 약속한 순간, 세 사람 모두 간단히 앨빈을 배신하고 볼프에게 충성을 맹세했다.

"그건 그렇고 전하의 패도를 돕는 이 인공 요정검은 실로 훌륭해!"

뒤란데 공이 허리에 찬 기계 장치 같은 검— 인공 요정검을 보았다.

"그러니까 말이에요. 이런 검이 이 세상에 있을 줄은 몰랐어요."

"신령위 요정검이 잡검처럼 여겨지는 이 어마어마한 힘……이거야말로 신시대의 검입니다. 이 힘을 알면 더는 종래의 케케묵은 요정검으로는 돌아갈 수 없어요."

오르토르 공과 앤서로 공도 허리에 찬 인공 요정검을 사랑스럽다는 듯 쓰다듬었다.

사실 3대 공작은 볼프의 산하에 들어옴과 동시에 주종의 증거로 볼프로부터 인공 요정검을 하사받았다.

인공 요정검의 압도적인 힘에 마음을 빼앗겨서 지금까지 생사를 함께한 자신들의 요정검은 더 이상 쳐다보지도 않았다.

제국에 영혼까지 완전히 팔아 버린 것 같았다.

"그래! 이것만 있으면《야만인》따위 두려워할 필요가 없어!"

"개탄스럽게도 「월」이라는 구시대의 화석 같은 기술이 젊은 종기사들 사이에서 유행하기 시작하고, 그것을 가르치는 시드 경에게 신망이 모이고 있었지만…… 이제 다들 눈을 뜨겠지요."

"맞아요. 제국을 따르면 이렇게 간단히 최강의 힘이 손에 들어오는걸요. ……「월」 따위, 앞으로의 시대에 필요 없는 기술이라는 건 명백해요."

"그렇지. 볼프 황자 전하에게 받은 인공 요정검은 일단 신뢰할 수 있는 기사들을 중심으로 차차 나눠 주고……."

그렇게 신나게 담의하는 3대 공작들 앞에서.

'흥. 매국노들.'

볼프는 어이없어하며 마음속으로 침을 뱉고 있었다.

솔직히 볼프는 3대 공작을 전혀 믿지 않았다.

한 번 배신한 자는 몇 번이든 배신하기 때문이다.

하지만 아무리 제국의 임페리얼 기사단이 강대해도 3대 공작가가 보유한 요정기사단의 전력은 결코 경시할 수 없었다.

정면으로 부딪치면 그런대로 피해를 볼 테고, 북쪽 마국의 위협이 나날이 강해지는 이런 정세 속에서 그런 사태는 피하고 싶었다.

이렇게 포섭할 수 있다면 포섭하는 게 득책이었다. 제공하는 인공 요정검의 수를 조절하면 이런 바보들은 얼마든지 잘 다룰 수 있었다.

어차피 언젠가 처리해 주겠다고 획책하고 있는 건 피차일반이다. 이딴 기생충들도 길들이지 못한다면 어떻게 패왕이라 할 수 있겠는가.

그리고 무엇보다도······.

'앨빈······ 아니, 알마 공주를 손에 넣을 수 있다면 이딴 쓰레기들도 떠안아 주겠어.'

볼프는 소리 없이 씩 웃으며 와인을 마셨다.

그런 볼프의 속내를 꿈에도 모른 채 3대 공작들도 술잔을 비우며 분위기가 달아올랐다.

"그런데 설마 앨빈 왕자가 여자였을 줄이야! 아르드, 그 배은망덕한 왕이 감히!"

"그러니까 말이에요! 아아, 그래서 선대 때부터 여성 왕······ 즉, 「여왕」을 세울 수 있도록 《호반의 여인》들이 법을 조금씩 정비했던 거군요!"

"하지만 그 정비는 지지부진한 상태고, 여자는 왕이 될 수 없다는 원칙은 여전히 왕국 백성들의 인식에 뿌리 깊이 남아 있습니다. 즉, 이제 앨빈 왕자는 절대 왕이 될 수 없죠."

"만약 왕자가 남자였다면 아직도 왕실파가 왕자를 옹립하여 역전을 노렸을지도 모르지만 이로써 결정됐어! 우리의 승리! 볼프 황자 전하의 승리야!"

"볼프 황자 전하의 패도에 건배! 예요!"

"저희의 영원히 변치 않을 충성을 볼프 황자 전하께!"

잔들이 서로 맞부딪쳤다.

자신들의 승리와 영광을 조금도 의심하지 않는 그 추악한 웃음.

구역질 나는 그 비열함이 지긋지긋하여 볼프는 자리에서 일어났다.

───.

"알마…… 지금까지 저딴 쓰레기들에게 둘러싸여 지내면서도 온갖 악의로부터 이 나라를 지키려고 그 가냘픈 몸으로 잘도 버텼구나."

바깥바람을 쐬려고 저택의 복도를 걸으며 볼프는 생각했다.

"역시 내가 오길 잘했어. 너처럼 연약한 여자가 왕같이 모든 것을 짊어지는 희생양이 되는 건 무리야. 굳이 네가 불행한 길을 갈 필요는 없어. 너는 누구보다도 행복해져야 하는 여자야. 내가 너를 구해 주겠어. 내가 너를 행복하게 해 주겠어. 네가 바라는 거라면 뭐든 주겠어."

그런 볼프의 뇌리에 떠오른 광경은.

아득히 먼 과거— 어릴 적의 기억이었다.

"너는 기억 못 할지도 모르지만……."

~~~~~.

앨빈의 아버지와 볼프의 아버지는 그런대로 교우가 깊은 오랜 친구 사이였다.

그래서 각자 서로의 나라를 자주 방문하며 국교를 다졌다.

그건 지금으로부터 10년쯤 전이었을까?

딱 한 번, 볼프의 아버지는 볼프를 데리고서 캘바니아 왕국을 방문한 적이 있었다.

당시 개구쟁이였던 볼프는 아버지와 아르드 왕이 회담하는 동안 부하들의 눈을 피해 빠져나왔고.

넓은 캘바니아 성내를 멋대로 돌아다니며 탐색했다.

그렇게 헤매다가 왕성 내에 있는 어떤 이계에 들어갔고…… 만나고 말았다. 앨빈— 알마 공주를.

그건 완전히 우연이었다.

당시에도 알마 공주는 장래에 왕이 되기 위해 평소에는 남자(앨빈)처럼 굴어야 했지만, 어린아이에게 항상 그러길 강요하는 건 가혹한 일이었다.

그래서 한정된 날, 성내에 존재하는 어떤 비밀 이계에서는 여자(알마)로 돌아갈 수 있었다.

어릴수록 요정의 존재를 지각하기 쉬운 것과 마찬가지로, 어린아이는 요정계의 일부이기도 한 이계에 우연히 들어가기 쉬웠다.

그래서 그날, 그때, 그곳에서 볼프가 알마와 만나게 된 것은…… 정말로 완전한 우연…… 운명이라고도 할 수 있는 기적이었다.

보통 같으면 절대 있을 수 없었을 만남이 그날 이루어진 것이다.

"아하하! 있지있지, 넌 누구야? 어디서 왔어?"

이계 내— 햇빛이 쏟아지는 평온한 샘 옆.

귀여운 흰 드레스, 반짝반짝 빛나는 예쁜 금발, 빨려 들어갈 듯한 청옥 같은 눈, 환하게 웃는 얼굴. 이 세상에 악의가 존재하는 것을 전혀 모르는 듯한, 너무나도 깨끗한 순진무구함.

일종의 신성함마저 느껴져서 접하기도 꺼려지는…… 그런 천진한 알마의 모습이 순식간에 볼프의 혼을 꿰뚫었다. 온몸에 충격이 퍼졌다.

그 순간, 볼프의 모든 것이 알마의 것이 되었다.

당시 알마는 아직 어린 소녀였다. 자신이 여자라는 사실이 세상에 알려지는 게 얼마나 중대한 일인지 전혀 이해하지 못했다.

하지만 당시부터 총명했던 볼프는 비밀의 장소에 있는 알마를 자신이 보았다는 사실은 결단코 비밀에 부쳐야 함

을 막연하게 헤아렸다.

그렇기에 순간적으로 가명을 대고 신분을 속였다.

순진무구한 알마는 전혀 의심하지 않고 그런 볼프 소년에게 미소 지었다.

볼프의 손을 잡았다.

"있지있지, 오늘은 텐코가 없어! 그러니까 같이 놀자!"

그렇게.

눈부신 햇빛이 쏟아지는 샘 근처에서.

알마와 볼프는 굴러다니듯이 하루를 꼬박 놀았다.

들판을 뛰어다니고, 서로에게 샘물을 끼얹고, 손을 잡고, 까르르 웃으며—.

즐거운 시간은 쏜살같이 지나갔고, 알마와 만나서 놀았다는 사실을 절대 들켜선 안 되는 볼프는 알마에게 안내받아 남몰래 아쉽게 헤어졌다.

"또…… 언젠가 같이 놀자."

결국 끝까지.

알마의 미소는 볼프의 마음을 사로잡고 놓아주지 않았다.

그리고— 알마와는 그 이후로 만나지 못했다.

그 후 이런저런 사정으로 볼프가 왕국 땅을 밟는 일은 없었고…… 두 사람이 다시 만나는 일은 없었다.

지금까지는…….

~~~~~.

"알마. 나는…… 너를 구하러 온 거야."

어느새 왕도의 거리가 보이는 테라스로 나온 볼프는 누구에게랄 것도 없이 중얼거렸다.

밤공기를 머금은 바람이 볼프의 머리카락을 흔들었다.

"여자인 너는 왕이 되지 않아도 돼. 내 옆에서 천진난만하게 웃고 있으면 돼. 너는 아무것도 생각하지 말고 내 말만 들으면 돼. 여러 가지로 심한 짓도 했지만, 그것도 결국은 너를 생각해서……."

그때였다.

"볼프 황자 전하."

스르르.

공간의 어둠 속에서 배어 나오는 것처럼 한 여성이 나타났다.

하얀 로브를 깊이 눌러쓴 요염한 여성이었다.

목소리를 듣건대 볼프와 비슷한 나이의 소녀인 것 같지만…… 풍기는 분위기는 어딘가 이질적이었다.

"너인가."

하지만 볼프는 특별히 경계도 하지 않고 그 여성과 마주했다.

그도 그럴 것이.

이 하얀 여성은 현재 볼프의 제일가는 심복.

볼프의 약진을 보좌하는 공로자였다.

인공 요정검을 개발하고 양산 체제를 갖춰 제국군에 배비한 것도 그녀.

압도적인 무용을 자랑하는 백기사를 볼프의 휘하로 데려온 것도 그녀.

겁쟁이 온건파인 황제에게 독을 먹여 위중한 병처럼 꾸미고 제국의 주도권을 볼프에게 쥐어 준 것도 그녀.

왕국의 3대 공작가와 맨 처음 교섭을 주선한 것도 그녀.

그 밖에도 다양한 형태로 볼프의 패도에 공헌하고 있었다. 이제는 볼프 진영에 없어서는 안 될 인재였다.

"서쪽의 상황은 어떻지?"

"네, 전부 문제없어요. 앞으로 왕국 측이 어떻게 움직이든, 겹겹이 펼친 책략이 왕국군을 옭아매겠죠. 사전 준비는 완벽해요. 전하의 승리는 이제 확실해요."

"그런가. 그렇다면……."

"네, 남은 건 전하의 비원을 달성하는 것뿐…… 앨빈 왕자— 아니, 알마 공주를 전하의 수중에 넣는 것뿐이에요. 성왕의 후손인 여자를 황후로 맞이함으로써 전하는 이 대륙에서 두 번째로 강대한 국가인 캘바니아 왕국을 완전히 손안에 넣게 되겠죠. 그리고 그걸 계기로 제위를 대관하고…… 음유시인들이 오래도록 노래할 사상 최고의 패왕의 영웅담이 시작되는 거예요. 옛 전설 시대의 시 따위, 철저히 풍화시켜 버릴 정도의 영웅담이."

"그런가. 그렇지…… 훗…… 하하하하…… 아하하하……! 아~하하하하하하하하하하하하하하하하하하하하하하하하하하하하하하하하하하—!"

고요한 밤에 볼프의 떠들썩한 웃음소리가 메아리쳤다.

그렇게 자신의 승리와 영광을 믿어 의심치 않는 볼프의 모습을.

"……"

하얀 여성은 후드 틈새로 바라보며 미소 지었다.

요염하게, 간드러지게, 섬뜩하게.

마치 어둠 속에 주홍색 선을 긋듯이 으스스하게 미소 지었다.

————.

사람 입은 막을 수 없는 법.

앨빈 왕자가 사실 여성이라는 소문은 궁정 내는 물론이고 왕도 전체를 즉시 휩쓸었다.

이제는 왕국의 모두가 그 얘기뿐이었다.

————.

블리체 학급의 교실 안.

"그랬구나……."

텐코가 말해 준 앨빈의 사정을 듣고 블리체 학급 학생들은 진지하게 고개를 끄덕였다.

"앨빈 녀석…… 그런 무거운 짐을 지고 있었다니……."

"어떤 마음이었을지 이해가 가네요……. 물론 이것도 주제넘은 말이겠지만요."

크리스토퍼가 주먹을 움켜쥐며 침음을 흘렸고, 일레인이 한숨을 쉬었다.

"훌쩍…… 흑…… 앨빈 왕자님…… 힘든 모습은 저희에게 전혀 보이지 않고…… 늘 긍정적으로, 굳세게…… 저희를 위해……."

리네트는 훌쩍훌쩍 울고 있었다.

그런 일동 앞에서 텐코가 계속 말했다.

"그게 왕가에 태어난 운명이라고 앨빈은 늘 말했어요. 여자로서의 행복을 버리고 이 나라를 위해 왕이 되겠다고…… 그렇게 각오를 다지고…… 줄곧 노력했는데…… 그런데…… 그런데……!"

텐코는 새빨개진 얼굴로 이를 악물고서 칼자루를 꽉 움켜잡았다. 질끈 감은 눈꼬리에서는 역시 눈물이 뚝뚝 떨어지고 있었다.

"그 남자…… 용서 못 해요……! 언젠가 베어 버리겠어요……!"

그렇게 분개하는 텐코에게 누구도 말을 건네지 못했다.

그런 때에.

"뭐, 대략적인 사정은 알았어."

어딘가 냉담한 모습으로 세오도르가 말했다.

"현실적인 얘기를 할까. 다들 앞으로 어쩔 거야?"

"어, 어쩔 거냐니…… 그게 무슨 말이야……?"

크리스토퍼가 눈을 깜박이자 세오도르는 담담히 대답했다.

"저번에는 결국 흐지부지됐으니까. 그 후로 상황이 또 바뀌어서…… 슬슬 진지하게 생각해야 할 때인 것 같은데."

그러자.

"어쩌고 자시고 할 것도 없어요! 저는 언제나 앨빈 편이에요!"

"텐코 선배의 말이 맞아요! 왕자님은 저를 구해 주신 생명의 은인이에요! 여자든 남자든 상관없어요!"

즉각 텐코와 유노가 그렇게 격분했다.

"하아…… 역시 모르는구나, 바보들."

세오도르는 깊은 한숨을 쉬고서 설명하기 시작했다.

"잘 들어. 너희가 앨빈 편을 드는 심정은 이해하지만…… 이 나라에서 여성은 왕이 될 수 없어. 원칙이 그러니까. 법률이 그러니까."

"……!"

"캘바니아 왕립 요정기사 학교의 전통을 파괴하는 특별 학급인 블리체 학급이 왜 생겼는지 알아? 어쨌든 앨빈이 차기 왕위 계승자였기 때문이야. 하지만…… 그 대의명분도 이제는 사라졌어."

"……아……."

"즉, 이제 이 블리체 학급은 침몰해 가는 배인 거야. 애초에 학급은 고사하고 이 왕국이 앞으로 존속할 수 있을지도 미심쩍은 상황이야. 이대로 앨빈을 따라가면 우리는 기사가 될 수 없어. 그러니까 내 말은…… 앞으로 어떻게 처신할 거냐는 뜻이야."

"그, 그 말은……."

"다행히 시드 경에게 단련받은 우리의 실력은 이미 교내에 널리 알려져 있어. 지금이라도 타진하면 3대 공작가 파벌 중 한 곳에서 거둬 줄지도 몰라."

그렇게 냉소하는 세오도르를.

"너……?!"

크리스토퍼가 멱살을 잡고 노려보았다.

"설마 앨빈을 배신하려는 거야?!"

"배신하고 말고의 문제가 아니야! 나는 현실적인 얘기를 하는 거야!"

세오도르가 지지 않겠다는 듯 크리스토퍼를 마주 노려보았다.

"확실히 앨빈에게는 미안해! 하지만 이건 우리가 짚고 넘어가야 할 문제야! 피하지 말고 제대로 생각해야 한다고! 아무 생각 없이 무작정 내달리고 후회해 봤자 늦어! 모르겠어?!"

"……?!"

"하지만 텐코. 유노. 뭐, 너희는 어차피 내가 이렇게까지 말해도 무조건 앨빈 편에 붙겠지."

세오도르가 텐코와 유노를 흘깃 보았다.

그러자.

"당연하죠! 무슨 일이 있어도 저는 앨빈의 기사예요! 지옥 밑바닥에 떨어지더라도 저는 앨빈을 따라갈 거예요!"

"저도요! 제 목숨은 왕자님 거니까요!"

"그렇다고 하네."

세오도르가 어깨를 으쓱이고 다시 다른 학생들 쪽을 보았다.

"두 사람처럼 「각오」가 있다면 됐어. 하지만 너희는 어떻지? 두 사람만큼의 「각오」가 있어? 후회하지 않을 거야? 기사가 되고 싶잖아? 되어야만 하는 이유가 있잖아?"

"......으......."

크리스토퍼가 입을 다물었다.

일레인과 리네트가 입을 다물었다.

교실에 있는 블리체 학급의 모든 학생이 입을 다물었다.

"나, 나는......."

크리스토퍼는 기사가 되고 싶었다. 어릴 때부터 꿈꿨고 동경했다. 기사가 되지 못하는 인생은 죽은 것과 마찬가지다.

"......저는......."

일레인도 기사가 되어야 했다. 낙오자라 집안에서 의절당한 일레인이 살아남을 길은 기사가 되어 새로운 가문을 세우는 것밖에 없었다.

"으...... 으아...... 아아...... 저...... 저는......."

리네트도 기사가 되어야 했다. 집안이 몰락하여 곤궁해진 가족이 생활하려면 리네트가 기사가 되어 돈을 벌 수밖에 없었다.

물론 다른 종기사들도 예외는 아니었다.

이렇게 다양한 시련을 통과하여 캘바니아 왕립 요정기사

학교에 입학한 이상, 저마다 「기사가 되고 싶은」, 「되어야만 하는」 이유가 존재했다.

허울 좋은 말만 늘어놓을 게 아니라 현실적으로 어떻게 처신할지 생각해야 할 때가 온 것이다.

"""""…….""""""

무거운 침묵이 교실 내를 지배했다.

누구도 아무 말도 하지 못했다.

그런 납 같은 시간이 느리게 계속되었다.

그러한 침묵을 깨듯이.

"……너는…… 어쩔 거야……? 세오도르…….."

크리스토퍼가 고개를 숙인 채 세오도르에게 나직이 물었다.

"너는 우리 중에서 가장 머리가 좋잖아……. 너는 대체 어쩔 작정이야……?"

"나는 어쩔 작정이냐고?"

그러자.

새삼스레 뭘 묻냐는 것처럼 세오도르는 안경을 올리며 단언했다.

"뻔한 거 아니야? 나는 이 나라에서 출세하기 위해 이 학교에 왔어—."

————.

"이자벨라 님! 이게 대체 어떻게 된 겁니까?!"

현재, 왕실파의 회의실은 아비규환이었다.

국정을 맡은 대신과 국방을 맡은 기사들이 끊임없이 이자벨라에게 질문을 던졌다.

"앨빈 왕자가 여자라니 처음 듣는 얘기야!"

"네 녀석은 우리를 속인 건가!!!"

"아뇨, 속일 생각은 없었습니다."

이자벨라는 담담히 변명했다.

"모든 것은 나라의 장래를 우려한 선왕 아르드 님의 의지와 판단…… 당시에는 왕위 계승자 부재중의 정권 안정화를 위해 그럴 수밖에 없었습니다. 그러나 제가 가담한 것은 사실이지요. 그 점은 정말로 죄송합니다."

"웃기지 마. 사죄 따위 필요 없어! 대체 어떻게 책임질 거지?!"

"여자라면…… 여자라면 왕이 될 수 없잖아……!"

"이게 얼마나 중요한 일인지 모르는 겁니까?! 이대로 가면 그 아니꼬운 3대 공작가와 증오스러운 제국이 이 나라를 집어삼킬 겁니다!"

"아니, 지금은 그런 말을 할 때가 아닙니다, 아이제스 경! 왕자가 여자라는 사실을 은폐하기 위해 이제라도 함구

령을ー."

"이미 늦었어요! 왕도의 모든 백성이 알고 있다고요!"

"아니, 지금은 그런 것보다도 왕자가 여자였다는 것에 관해 좀 더 설명을!"

"그러니까 그런 것보다도 지금부터 어떻게 할지를 먼저ー!"

"그 전에 책임은?! 이 일의 책임은 어떻게 할 건데!"

"이봐, 똑같은 말을 몇 번 해야 알아듣는 거야?! 전부 왕의 의지였다고 이자벨라 님도 말씀하셨잖아! 우리는 그걸 존중해야ー!"

"그러니까! 그런 것보다도ー."

아까부터 의논은 똑같은 얘기만 계속 나올 뿐 아무런 진전도 없었다.

건설적인 의견이 나올 리도 없었다.

"차라리 볼프 황자 전하가 요구한 대로 앨빈 왕자…… 아니, 알마 공주였던가요? 공주를 드래그니르 황실에 시집보내는 게 어떻습니까?! 그러면……."

"네 이노오오옴ー! 그 발언은 결단코 용서 못 해애애애애ー!"

"그러고도 왕국의, 성왕님의 신하인가?!"

마침내 대신들끼리 드잡이가 시작되었다.

이자벨라는 시끄럽게 싸우는 일동을 마치 딴 세상 일처럼 바라보고 있었다.

'솔직히 캘바니아 왕국은 궁지에 빠졌어요. 궁정 내는 난마처럼 어지러워져서 국가 운영에 대한 의지가 전혀 통일되지 않게 됐어요…….'

차기 왕위 계승자, 위대한 아르드 왕의 정통 후계자라는 앨빈의 대의명분이 사라져 버렸다.

어디까지나 왕가에 충성을 맹세하는 자, 여자인 앨빈에게는 충성을 맹세할 수 없다는 자, 아직 자신의 입장과 주장을 정하지 못한 자…… 다양한 의지와 의도가 뒤섞여서, 가뜩이나 3대 공작가의 배신으로 어지러운 궁정은 혼돈의 극치에 달해 있었다.

지금 캘바니아 왕국은 완전히 침몰해 가는 배였다.

분명 여기 모인 자들 중에도 이제라도 3대 공작파나 제국과 교섭하려고 몰래 획책 중인 자가 있을 것이다.

하지만 이렇게 내일이 보이지 않는 상황에서 이자벨라는―.

'앨빈…… 가엾게도…….'

그저 주위의 상황과 운명에 농락당한 불쌍한 소녀를 생각했다.

앨빈은 전혀 잘못이 없었다. 불합리한 역할을 받았음에도 그것을 열심히 완수하려고 했다.

이 나라를 위해 그 몸을 바치려고 했다. 나라를 위해 지금까지 다양한 것을 희생하고 줄곧 노력했다. 그녀 나름대로 좋은 왕이 되려고 했다.

하지만— 그 결과가 이것이었다.

앨빈은 반생에 걸쳐 쌓아 올린 것을 한순간에 무참히 부정당하고 철저하게 무너져 버렸다.

이건 너무나 잔혹한 결말이지 않은가.

이자벨라는 이 상황을 만든 볼프와 3대 공작들이, 100번 죽여도 시원치 않을 만큼 미웠다.

'그래도 제게는…… 앨빈에게 뭐라고 말해 줄 자격이 없어요…….'

길이 그것밖에 없었다고는 하지만, 앨빈을 이런 잔혹한 결말로 몰아넣은 사람 중 한 명이니까.

'만약…… 지금 앨빈에게 뭔가를 말해 줄 수 있는 사람이 있다면…… 그건…….'

이자벨라의 뇌리에 떠오른 사람은 한 명뿐이었다.

전설 시대 최강이라고 칭송받은 기사.

그자는 악귀 나찰《야만인》인가.

아니면 구국의 영웅《섬광의 기사》인가.

여전히 베일에 싸인 남자.

다만 그가 기사 중의 가사라는 것은 확실하게 말할 수 있었다.

시드 블리체.

지금 앨빈에게 뭔가를 말할 자격이 있는 인물은 그밖에 없었다.

'저는 그 아이가 어렸을 때부터 줄곧 지켜봤어요⋯⋯. 피가 섞이지는 않았지만 그 아이는 제 동생과도 같아요⋯⋯. 부탁해요, 시드 경⋯⋯. 부디 앨빈을 구해 주세요⋯⋯. 어떤 형태라도 좋으니⋯⋯ 그 아이에게 구원을⋯⋯!'

자신의 무력함을 한탄하며.

이자벨라는 그저 혼자서 마음속으로 그렇게 계속 기도했다.

―――.

"역시 여기 있었나, 앨빈."

"⋯⋯."

그곳은 왕성 내 앨빈의 방에 설치된 거울을 통해 갈 수 있는 비밀의 이계.

녹음이 우거진 숲속에 있는 아름다운 샘의 언저리였다.

쏟아지는 따뜻한 햇볕.

기분 좋은 산들바람.

귀를 간질이는 새의 노랫소리, 느껴지는 요정들의 기척.

환상적이고 아름다운 풍경 속에 앨빈이 있었다.

무릎을 끌어안고 앉아서 눈앞의 풍경을 멍하니 보고 있었다.

"찾아다녔어. 정말이지 수고를 끼친다니까."

시드가 머리를 긁적이며 앨빈 곁으로 걸어갔다.

시드의 기척을 알아차린 앨빈이 불쑥 중얼거렸다.

"모두를…… 볼 낯이 없어서요……."

"……!"

시드가 불현듯 발을 멈췄다.

이제 보니 앨빈의 모습이 극적으로 바뀌어 있었다.

평소에는 마법의 빗으로 머리를 짧게 하고 종기사 제복을 깔끔하게 차려입은 아름답고 늠름한 남장을 하고 있지만 지금은 전혀 달랐다.

아래로 흘러내린 긴 금발. 몸을 감싼 하얀 드레스.

늘 차고 다니던 요정검은 어디에도 보이지 않았다.

이제 뭘 숨기고 꾸밀 필요도 없었다.

여자로서의 앨빈— 알마 공주의 모습이 그곳에 있었다.

"아하하, 놀라셨나요?"

알마가 수줍게 웃고서 살며시 일어났다.

"이 드레스…… 저한테 어울리나요?"

"……."

"자아도취일지도 모르지만 저는 아주 잘 어울린다고 생각해요. 이렇게 제대로 여자로서 꾸미면 꽤 괜찮지 않나 싶고."

알마는 장난기가 듬뿍 담긴 목소리로 그렇게 말하고서 드레스 자락을 잡아 우아하게 빙글 돌았다.

치맛자락이 둥글게 퍼졌다. 사르르 흘러내린 금발이 반짝반짝 빛났다.

그러한 그녀는 꿈처럼 아름다워서…… 마치 동화에 나오는 공주님 같았다.

"어떤가요? 시드 경. 잘 어울리나요? 저 예쁜가요?"

그러자.

시드가 온화하게 미소 지으며 말했다.

"그래, 아주 잘 어울려. 솔직히 전설 시대에도 너처럼 아름다운 공주님은 없었어."

"정말로요?! 와아! 후후, 기뻐요……."

정말로 기쁜 듯이, 행복한 듯이, 알마는 웃었다.

그리고.

한동안 침묵한 후, 알마가 다시금 시드를 돌아보았다.

그리고 말했다.

"시드 경. 저 결심했어요."

"……."

"저는…… 볼프 황자에게 시집가겠어요. 이 나라를…… 황자에게 맡기겠어요."

말없이 알마를 바라보는 시드에게 알마는 계속 말했다.

"이제 전부 끝났어요. 마법은 풀려 버렸어요. 저는 이제 왕이 될 수 없어요. ……아뇨, 여자인지 남자인지는 상관없이…… 역시 그럴 그릇이 아니었던 거예요."

"……."

"그래도 제게는 왕족으로서 이 나라의 백성을 지킬 의무가 있어요. 여자인 제가 할 수 있는 일은 많지 않지만…… 그래도 뭘 할 수 있을지 곰곰이 생각해 봤어요. 그 결과…… 역시 제가 드래그니르 황실에 시집가는 게 가장 좋다는 생각이 들었어요."

"……."

"그러면 왕국은 제국과 하나가 돼요. 볼프 황자는 예속국에 대한 취급이 가혹하지만…… 아내인 저의 고향이라면 조금이나마 편의를 봐줄지도 몰라요. 응, 제가 참으면…… 모두를 지키고…… 모두를 행복하게 할 수 있어요."

"……."

자신을 타이르듯, 자신을 납득시키듯 말하는 알마를 보며 시드는 그저 침묵을 관철했다. 그저 가만히 알마를 바라보았다.

"사실 저는 그렇게 비관하고 있지 않아요. 나라와 백성을 위해 자신을 죽이며 견디는 건…… 지금까지 해 온 일과 전혀 다르지 않으니까요. 그저 이번에는 남자로서 그러는 게 아니라 여자로서 완수하는 거니까. **이제 그러는 수밖에 없어요. 어쩔 수 없는 일이에요.**"

"……."

"시드 경…… 이런 하찮은 저를 위해 지금까지 검을 바쳐 줘서…… 정말 고마워요. 역시 저는 경 같은 기사의 주군이 될 그릇이 아니었던 거예요. 그런데도 경은 다정해서 저 같은 자를 따라 줬고…… 한때라도 경의 주군이 되어서…… 저는 정말 행복했어요……. 그러니까……."

뚝뚝.

알마의 눈꼬리에서 눈물이 떨어지기 시작한…… 그때.

지금까지 침묵을 유지하던 시드가 별안간 입을 열었다.

"정말 그걸로 좋아?"

알마가 퍼뜩 고개를 들었다.

그런 알마를 시드는 평소처럼 온화한 표정으로, 그러나 속을 꿰뚫어 보는 듯한 깊은 눈으로 바라보았다.

그 시선에는 뭔가를 질책하는 의도도, 동정하는 의도도 없었다.

그저 한 명의 기사로서 앨빈과 똑바로 마주하고 있었다.

"……네……?"

"정말로 너는 그걸로 좋냐고 묻는 거야."

눈을 깜빡이는 알마를 향해 시드가 의미심장하게 웃었다.

"이야~ 뭐랄까. 이상하단 말이지. 너답지 않아."

"……흐에……?"

"내가 이번 생에 충성을 맹세한 주군은…… 뭐, 아직 미숙하고 위태로운 병아리지만…… 적어도 자신의 발로 걷고, 자신의 검으로 길을 여는…… 그런 「각오」를 지닌 녀석이었어. 나는 너의 그런 모습에 기사로서 반한 거야. 아르슬을 평생 유일무이한 주군으로 삼겠다는 맹세를 깨고 너를 섬기는 걸 택했어."

"……"

"그랬는데 이번 일만큼은 너답지 않아. **그러는 수밖에 없다, 어쩔 수 없다**…… 주변 상황에 휩쓸려서 어영부영 길을 택했다고 **생각**했을 뿐이야. 너의 본심은 어디에 있지? 내게는 전혀 보이지 않아. 그래서 나는 「정말 그걸로 좋아?」라고 질문을 던진 거야."

"……"

"딱히 나는 네가 볼프 도련님을 택하는 게 마음에 안 든다거나, 왕이 되기를 포기하는 게 불만스럽다거나…… 그런 생각은 전혀 안 해. 그러는 수밖에 없는 게 아니라 「그러겠다」. 어쩔 수 없는 게 아니라 「그게 자신이 믿는 옳은 길이다」. 네가 너 자신의 의지로 선택한 길이라면 나는 아무 말도 안 할 거고, 그런 너를 축복하며 앞으로도 너를 위해 검을 휘두를 거야. 하지만…… 어떻게 생각해도 안 그렇잖아?"

"……"

"애초에. 나라를 위해~ 백성을 위해~ 라고 했지만, 계획이 너무 조잡하지 않아? 볼프 도련님 같은 천상천하 유

아독존인 남자가 자기 아내라고 해서 여자 말을 일일이 들을 리가 없잖아? 걔는 천성이 가부장적이야. 이것저것 이유를 갖다 붙여서 이 나라도 엉망으로 만들 게 뻔해. …… 다른 나라들처럼. 조금만 냉정하게 생각하면 알 텐데? 여자에게 휘둘리는 착해 빠진 얼간이 왕은 이전에도 이후로도 아르슬뿐이야."

크큭.

시드가 뭔가를 그리워하듯 웃었다.

일대 각오를 말했는데 변함없이 평소처럼 대수롭지 않게 구는 시드를 보고 알마는 시드와 만난 이래 처음으로 분노를 느꼈다.

"뭘 모르는 건 시드 경이에요! 저는 여자예요. 지금까지 숨겼지만 이제 완전히 들켰다고요! 이제 누구도 이런 저를 따르지 않아요! 나라도…… 백성도……!"

"그건 네가 멋대로 그렇게 생각했을 뿐이야."

"저, 저는 이제 왕이 될 수 없어요! 「여자는 왕이 될 수 없다」…… 그런 원칙이 이 나라에 있는 건 시드 경도 알 텐데요!"

"난 또 뭐라고. 그딴 곰팡이 핀 케케묵은 원칙."

흐암~ 시드가 졸린 듯 하품했다.

"이 시대 녀석들은 뭔가 착각하고 있는데. 여자를 왕으로 만들면 안 된다는 건 여자에게 왕이라는 중책을 지우지 않겠다는, 그건 남자가 짊어져야 한다는 당시의 기사도적 가치관에서 생겨난 거야. 지금보다도 여기사의 수가 아주 적었던 시대의 관습이야. 남녀가 평등하게 기사가 되는 지금과는 상황이 전혀 달라. 지금처럼 실컷 여자를 기사로 임명하고 싸우게 하면서 왕은 안 된다니, 그런 말도 안 되는 얘기가 어디 있어?"

"~~웃?!"

"앨빈, 잘 들어. 원칙은 자신의 약함을 경계하기 위한 거야. 더 좋아지고자 하는 자신, 강하게 있으려는 자신을 옭아매기 위한 게 아니야."

시드의 말을 듣고 알마는 눈을 크게 뜨고서 말을 잇지 못했다.

"하지만 그런대로 법적 구속력이 있는 모양이네. 머리가 굳은 녀석도 있을 테고. 뭐, 그 부분은 이자벨라가 어떻게든 해 주겠지. 이자벨라를 믿어. 그 녀석은 능력 있는 좋은 여자야."

시드는 내내 어떤 대전제를 두고서 알마에게 말하고 있었다.

그건 바로— 앨빈이 아직 마음속으로는 왕이 되기를 포기하지 않았다는 것.

"그런……! 그런 건……!"

알마가 떨면서 오열했다.

"무모해요……. 그게 얼마나 어려운 길일지……."

"새삼스레 뭘. 원래부터 무모했잖아. 여자라는 걸 숨기고서 왕이 되는 것도."

시드는 어디까지나 태연자약했다.

"저 같은 게 정말로 이 나라를 지킬 수 있을지 알 수 없어요……. 어쩌면 제가 과분한 일을 바란 탓에 더 많은 백성이 공연히 죽을지도 몰라요……."

"나라의 흥망이 걸리면 어떤 왕이든 그 중압과 싸워. 그걸 짊어지는 게 왕의 의무야. ……아르슬 녀석도 늘 필사적으로 견뎠어. 나라의 존망을 가르는 전쟁이 매일같이 반복되던 시대에 말이야."

"그런……. 그렇더라도 그런 건 사람으로서 용납될 리가……."

"잘 들어, 앨빈. 너는 사람이 아니야. 왕이다."

시드가 알마의 양쪽 어깨에 손을 얹고 똑바로 바라보았다.

"……?!"

"이것만큼은 네가 남자든 여자든 전혀 상관없어. 말하자면 왕이라는 존재 자체가 짊어지는 원죄야. 너는 이미 왕으로서 각오를 다졌을 테지. 이제 중요한 건 너에게 그 힘이 있는지가 아니야……. 네가 왕으로서 어쩌고 싶은지가 중요해."

"설령 그렇더라도! 그럼 저는 대체 어떡해야 하는 건데요……?!"

울먹이며 시드의 가슴에 매달려 외치는 알마에게.

"훗, 왕이 할 일이야 정해져 있지."

시드는 당당히 말했다.

알마의 눈을 똑바로 바라보며 말했다.

"명령해, 기사에게."

"─웃?!"

"너는 왕으로서 모두의 희망이 되면 돼. 그리고 백성이 자연스럽게 너를 왕으로 받들고 싶어지는 길을 내세워. 타협하지 마. 네가 그리는 최고로 이상적인 나라를 목표하는 거야. 그럼으로써 모든 것을 이끄는 희망의 빛이 되는 거지. 그리고─ 그곳에 이르는 왕의 길을 검으로 닦는 것이 기사의 역할이야."

"시드 경……!"

알마의 얼굴이 당장에라도 울음을 터뜨릴 것처럼 구겨졌다.

귀여운 손주를 달래듯 그런 알마의 머리를 다정하게 쓰다듬으며 시드가 물었다.

"그래서 말한 거야. 너답지 않다고. 이번에 왕명은 아직 한 번도 내려오지 않았어. 네가 왕으로서 노리는 것은 뭐지? 뭘 하고 싶어? 내가 어쨌으면 좋겠어? 너의 진짜 의지는…… 목표는 어디에 있지?"

"……!"

그렇게 물어서.

알마는 다시금 자신의 속마음과 마주하듯 입을 다물고 생각했다.

깊이, 깊이, 생각했다.

그래야 한다, 그게 합리적이다, 그 방법밖에 없다, 나는 여자다, 내가 할 수 있을 리 없다…… 그런 잡음들을 조금씩 없애고 마음속 깊은 곳에 잠들어 있는 적나라한 원석을 찾았다.

그런 긴 침묵 끝에 알마가 마음속에서 찾아낸 답은—.

"……볼프 황자에게는…… 이 나라를 맡길 수 없어……."

"……."

"확실히 내가 볼프 황자와 혼인하면, 왕국이 제국의 산하에 들어가면…… 북쪽 마국의 위협으로부터는 도망칠 수 있을지도…… 몰라……. 하지만…… 그 방법으로는 왕국의 백성이 행복해질 수 없어……. 그저 살아만 있을 뿐……. 오랫동안 제국에만 유리하게 자유를 빼앗기고, 부를 착취당하고, 노예처럼 사육되어…… 계속 고통받게 돼. 그런 건…… 간과할 수 없어! 못 본 척할 수 없어! 나는 진정한 의미에서 이 나라를 지키고 싶어! 캘바니아 왕국의 독립을 지키지 않는다면…… 자유와 긍지를 지키지 않는다면, 이 나라와 백성에게 내일은 없어……!"

"그럼 어쩔 거지?"

그렇게 시드가 마지막으로 묻자.

앨빈은 고개를 들고 시드의 눈을 꿰뚫듯 바라보며 외쳤다.

"왕명이다! 긍지 높은 성왕 아르슬의 계보— **앨빈** 노르 캘바니아의 이름으로 명한다! 시드 경…… 천기사 결정전에서 이겨 주세요! 제국의 기사보다 왕국의 기사가 압도적으로 더 뛰어남을 이 세상에 증명해 주세요! 그리고 제국의 침략으로부터 이 나라를 지키기 위해…… 저와 함께 싸워 주세요!"

그런 알마— 아니 앨빈의 필사적인 호소를 듣고.

시드는 씩 웃었다.

그리고 앨빈의 발밑에 공손하게 무릎 꿇더니…… 가슴에 손을 얹고서 망설이지 않고 선언했다.

"그러지, 나의 주군. 나의 신명을 걸고."

그리고 얼굴을 들어 앨빈을 올려다보며 쓴웃음을 지었다.

"하여간 손이 많이 간다니까. 처음부터 솔직하게 그랬으면 됐을걸."

"시드 경…… 저는…… 정말로…… 미안해요……."

앨빈이 뚝뚝 눈물을 흘리며 말했다.

"미안할 게 뭐 있어?"

"그치만…… 이런 건, 완전히 제 욕심이에요……."

"왕은 원래 제멋대로야."

"무모해요……. 대체 누가 이런 바보 같은 선택을 하는 저를 따라오겠어요……. 최악에는 제국과 맞서 싸우는 건 저와 시드 경…… 둘뿐일지도 몰라요…….”

“괜찮아. **익숙해.**”

시드가 장난꾸러기처럼 웃었다.

“전설 시대에도 처음 거병했을 때는 나와 아르슬 둘뿐이었어. 그때의 무모함을 넘어선 무식함을 생각하면 이번 일은 별것 아니야.”

“……아하, 아하하…… 정말로 당신이란 사람은…… 아하하하하!”

앨빈은 무심코 웃어 버렸다.

“시드 경이 있어 준다면…… 정말로 뭐든 할 수 있을 것 같아요……. 고마워요……. 경이 저의 기사로 있어 줘서 정말 다행이에요…….”

“과분한 말씀이군.”

그렇게 말하고 일어난 시드가 앨빈의 어깨를 힘 있게 두드렸다.

“하지만 앨빈. 최악에는 너와 나 둘뿐일 거라고 너는 말했지만. 내 생각은 달라.”

“……네……?”

“뭐, 너는 담대하게 있으면 돼. 될 대로 되겠지.”

————.

시드와 앨빈은 이계에서 앨빈의 방으로 돌아왔다.

앨빈은 늘 입던 종기사 제복으로 갈아입고, 긴 머리를 마법의 빗으로 빗어서 평소처럼 짧게 되돌렸다. 한번은 손에서 놓았던 애용하는 요정검을 확실하게 허리에 찼다.

그리하여.

차림새를 정돈한 앨빈이 시드를 데리고 방에서 나온…… 그때였다.

"앨빈!"

방 앞에…… 무수한 사람이 있었다.

텐코를 선두로 블리체 학급의 면면이 모여 있었다.

"다, 다들 어쩐 일이야……?"

앨빈이 눈을 깜빡이고 있으니.

별안간 일동이 일제히 앨빈의 발밑에 무릎을 꿇었다.

"어?!"

"앨빈. 여기 있는 일동은 당신을 주군으로 우러르며 당신과 운명을 함께하겠다고 맹세하는 자들입니다. 부디 저희가 바치는 검을 받아 주십시오."

텐코가 그녀답지 않게 격식을 차리고서 말했다.

"맞아. 나는 앨빈을 따라가겠어. 애초에 나를 거둬 준 사람은 너니까."

크리스토퍼가 결심한 듯 말했다.

"이 나라의 미래를 맡길 수 있는 왕은 당신밖에 없어요, 앨빈. 3대 공작가나 제국의 도련님 따위에게 맡길 수 없어요."

일레인도 대담하게 웃으며 그렇게 말했다.

"저도…… 저희 가족을 진정한 의미에서 지킬 거라면…… 지켜 줄 사람은…… 앨빈 왕자님밖에 없어요! 그, 그러니까…… 무, 무섭지만……!"

이런 때에도 안절부절못하는 모습이었지만 그래도 리네트가 결의를 말했다.

"어려운 건 전혀 모르겠지만! 제 목숨은 왕자님 거예요! 왕자님이 남성이든 여성이든 상관없어요! 오, 오히려 여성인 쪽이…… 꺄아~!"

태평한 유노가 평소처럼 씩씩한 모습으로 천진난만하게 외쳤다.

그 밖에도 앨빈을 따라가겠다고 결심한 블리체 학급의 학생들이 차례차례 자신의 결의를 표명하고 충성을 맹세했다.

그리고—

"나는. 이 나라에서 출세하겠다고…… 결심했었어."

조금 떨어진 곳에 서 있던 세오도르가 그렇게 말했다.

"솔직히 말해서 이 상황에 너를 따라가는 건 무모해. 지금이라도 3대 공작가 편에 붙는 게 100배 낫다고 생각해. 하지만…… 불리한 도박은 싫어하지 않아."

그렇게 멋쩍게 말하고서 세오도르가 앨빈에게 무릎 꿇었다.

"냉정하게 생각해서…… 나도 이 나라의 왕은 너밖에 없다고 봐. 흥, 나를 실망시키지 마. 앨빈."

"얘, 얘들아……."

그렇게 자신을 따르는 자들 앞에서 앨빈은 눈을 깜빡였다.

그런 앨빈의 어깨를 시드가 힘 있게 두드렸다.

"거봐, 말했잖아. 너는 네가 생각하는 것보다도 왕의 그릇이야. 자신감을 가져."

"시드 경……."

"그런고로. 뭐, 일단은…… 뚝딱 이길까. 천기사 결정전."

시드가 목을 움직여 뚜둑 소리를 내면서 말했다.

"그 건방진 도련님의 코를 납작하게 해 주자고. 우리 주군의 확실한 의지와 결의를 성대하게 보여 주기로 하지. 먼저 할 일은 그거야."

"네……! 잘 부탁드려요……!"

————.

왕국이 대혼란에 빠진 와중에.

지금까지 고집스럽게 출전을 거부했던 시드가 앨빈의 왕명으로 천기사 결정전에 참전하겠다고 표명했다.

이미 왕국 최강으로 유명한 시드를 왕명으로 투입한다는 것은 말하자면 볼프 황자에 대한 앨빈의 명확한 반역 의지였다.

「이제 와서 굳이?」

「이겨 봤자 무슨 소용이냐?」

「결국 여자가 허세 부리는 거다.」

왕실파, 반왕실파를 불문하고 다양한 풍문이 난무하는 가운데, 시간은 쏜살같이 흐르고—

그리고.

마침내 운명의 성령 강림제 날이 찾아왔다.

제5장 성령 강림제

성령 강림제.

새해 초봄— 셋째 달의 스물한 번째 날에 열리는 전통 제사다.

이 세계에 빛의 요정신이 강림하여 그때까지 「겨울」만 존재했던 세계에 최초의 「봄」이 생겨났다고 여겨지는 날.

정령 신앙이 성행하는 왕국에서는 당연히 아주 큰 의미를 가지고 있었다.

물론 「지금 축제 같은 걸 할 상황이냐」, 「즉각 중지해야 한다」라는 의견이 파벌 불문하고 나왔다.

하지만 제사를 책임지는 《호반의 여인》의 무녀장 이자벨라는 어째선지 고집스럽게 축제를 단행했다. 이유는 아무도 몰랐다.

어쨌든 성령 강림제는 새봄의 도래를 축하하고 빛의 요정신에게 감사하는 취지의 축제로, 이날은 모든 백성이 다양한 옛 관습을 따르며 보냈다.

햇살이 들어오는 남쪽 창문에 성스러운 산사나무로 만든 리스를 장식한다.

팔로산토나 샌들우드 같은 향목을 피우고, 송진으로 만

든 초를 촛대에 꽂아 태운다.

지구별로 설치된 요정신전에 가족이 다 함께 가서 세례를 받고, 제단 앞에서 요정들에게 감사하는 노래를 부르고 기도를 올린다.

왕도를 지나는 센토르강— 요정계 심부로 이어진다는 그 강에 다 같이 오리나무의 가지를 띄워 보낸다.

캘바니아성의 대신전에서도 《호반의 여인》들이 주도하여 다양한 의식이 이루어진다.

기사와 귀족들이 지켜보는 가운데, 빛의 요정신의 가호를 받은 성왕 아르슬의 계보인 앨빈이 제단 앞에서 무릎 꿇고 빛의 요정신에게 기도를 올린다.

《호반의 여인》들이 신 앞에서 기도하고 춤을 봉납한다.

그런 신기한 관습을 왕도의 모든 백성이 경건하게 소화해 나갔다.

아침부터 왕도 전체에 엄숙한 분위기가 흘렀다.

이제 그 관습의 세세한 의미는 잊혀져 버렸다.

그저 예로부터 줄곧 이루어져 부모에게서 자식에게로 이어져 온 행사였다. 왜 이걸 하는지 의문스러워하는 자는 없었다.

그런 엄숙한 오전이 끝나면 오후부터는 즐거운 축제가 되는 것도 불문율이었다.

왕도 광장의 이곳저곳에 불이 피워지고 사람들이 그 주

위에서 춤췄다.

아이들은 다양한 요정 모습으로 가장하여 어른들에게 과자를 달라고 하며 마을을 누볐다.

길거리에는 많은 노점이 늘어서고, 궁정에서 술 등을 아낌없이 베풀고, 예인들이 기예를 펼치며 왕도 전체가 활기차고 떠들썩해졌다.

확실히 지금은 나라가 어떻게 될지 알 수 없는 고비였다.

내년에도 이런 축제를 열 수 있을지 알 수 없는 그런 상황이었다.

하지만 그렇기에 올 축제를 마음껏 즐기자, 신나게 만들자…… 그런 신앙심 깊은 긍정적인 국민성도 어우러져서 축제는 예년 이상으로 열기가 뜨거웠다.

눈앞의 고난을 한순간이라도 잊고 싶다는 마음도 있겠지만.

그리고 그렇게 떠들썩한 와중에.

왕도의 많은 백성이 큰길을 따라 도개교를 건너고 성문을 지나서…… 캘바니아성으로 향했다.

목적지는 왕도 캘바니아 한편에 지어진 성령 어전 투기장.

그 투기장에서 열리는 천기사 결정전을 보기 위해서였다.

천기사 결정전도 성령 강림제를 구성하는 중요한 의식 중 하나였다.

아득한 전설 시대부터 존재했다는 투기장은 평소엔 절대

출입할 수 없지만, 매년 성령 강림제 날에는 전 국민에게 개방되어 왕국 제일의 기사가 결정되는 순간을 누구나 지켜볼 수 있었다.

기사라는 존재 자체가 이 나라 백성들의 영웅적 존재이기에 그 정점에 서는 자가 누구인지 모든 백성이 주목했다.

심지어 올해의 천기사 결정전은 이 나라의 운명을 정한다.

올해의 천기사 결정전에 대한 백성의 관심은 가차 없이 높아져서 성령 어전 투기장에 모인 백성의 수는 예년을 아득히 넘어서 있었다.

그리고 중앙의 원형 필드를 빙 에워싸듯 설계된 사발형 관객석 한편— 그 맨 앞줄의 한층 높은 곳에 설치된 호화로운 테라스형 귀빈석에서.

"드디어 시작되는 건가…… 이 나라의 명운을 가를 기사들의 싸움이."

앨빈은 아래쪽을 바라보며 홀로 한숨을 쉬었다.

앨빈이 있는 곳의 반대편 정면에는 거대한 빛의 요정신상이 우뚝 서서 아래쪽 원형 필드를 내려다보고 있었다.

앨빈도 이 나라의 인간이었다. 빛의 요정신에 대한 신앙심을 그런대로 가지고 있었다.

그래서, 신에게 모든 걸 의지할 생각은 없지만, 이때만큼은 정말로 매달리고 싶은 기분이었다.

이 천기사 결정전에서 시드가 이기든 지든, 이 나라는 큰 문제에 직면한다. 오늘 하루가 끝나고 나서부터 앨빈의 진짜 싸움이 시작되는 것이다.

정말로 자신이 그 길을 걸어도 될까? 지금이라도 볼프에게 머리를 숙이고 그를 따르는 편이, 이 나라를 내놓는 편이 좋지 않을까?

좋지 않은 생각이 이것저것 떠올랐다가 사라졌다.

'하지만…… 그래도, 시드 경…… 저는…… 제가 정말로 믿는 길은…….'

그렇게 앨빈이 사색에 잠겨 있을 때였다.

"앨빈 왕자."

갑자기 뒤에서 누군가가 말을 걸어왔다.

앨빈이 돌아보니 볼프와 3대 공작이 있었다.

제국에서 온 귀빈인 볼프와 이 왕국의 상층부인 3대 공작의 자리는 당연히 이곳에 마련되어 있기에 온 것이다.

"아, 볼프 황자 전하와 공작 각하들이시군요."

앨빈은 순식간에 생각을 전환하고 당당하면서도 정중하게 인사했다.

"우리 캘바니아 왕국이 자랑하는 국사(國事)에 참가해 주셔서 진심으로 고맙습니다. 귀국의 기사도 참가하게 되었는데 아무쪼록 편안하게—."

"어떻게 된 거지? 앨빈."

앨빈의 인사에 볼프가 짜증스레 대답했다.

"글쎄, 뭘 말씀하시는 건지……?"

앨빈은 천연덕스럽게 대꾸했다.

"왜지? 왜 시드 블리체라는 기사를 이 천기사 결정전에 참가시켰지?"

"……."

"세상 물정 모르는 너를 내가 일부러 가르치고 교육해 줬는데…… 아직도 이해를 못 했나? 미래의 주인인 나를 그렇게 거역해서 어쩔 셈이지?"

앨빈은 노려보는 볼프의 시선을 의연하게 받았다.

"나의 백기사가 질 일은 만에 하나라도 없지만…… 너의 그 명확한 반항 의지는 불쾌해. 나를 거역하지 마. 내 기분을 해치지 마. 슬슬 발악을 멈추고 포기해. 현실을 이해하고 받아들여. 나를 따르고 애교 부려 봐. 그러면 나도—."

"미안하지만 볼프 황자. 현실을 볼 사람은 그대야."

앨빈이 강한 어조로 말하고서 볼프를 날카롭게 노려보았다.

그 강렬한 눈빛에 볼프는 아주 살짝 주춤했다.

"그에 대한 답은 내가 가장 신뢰하는 기사, 시드 경에게 내린 왕명이란 형태로 이미 나타냈어. 시드 경은 반드시 천기사가 되어 이 나라의 자유와 독립을 쟁취하겠지. 설마 일국의 수장인 귀공이 공적인 장소에서 자신이 선언한 말을 잊어버리지는 않았겠지?"

"……?!"

"나는 절대 귀공의 것이 되지 않아. 이 왕국은 제국에 항복하지 않아. 그것이 나의 의지이며, 곧 이 왕국 전체의 뜻이야. 말조심해. 무례하군."

볼프는 앨빈에게 완전무결하게 거절당하고 아연해했다.

그러던 때에.

"무례한 게 누군데?! 가짜 왕자가!!!"

볼프를 둘러싼 3대 공작이 시뻘게진 얼굴로 격분하기 시작했다.

"어쩜 이렇게 뻔뻔할 수가! 아직도 왕이 될 수 있다고 생각하다니!"

"**왕녀**. 그 말 그대로 돌려드리죠. 슬슬 현실을 보십시오. 그 꼴사나운 남장도 그만두시고요."

"맞아! 결국 여자인 너는 이 나라에서 왕이 될 수 없어!"

"아하하하! 네, 맞아요! 당신에게는 무리예요!"

"아실 텐데요? 원칙은 절대적입니다. 지금까지 여왕이 즉위했던 적은 없습니다."

마치 큰 공이라도 세운 것처럼 의기양양하게 말하는 공작들에게.

앨빈은 동요하지 않고 당당히 단언했다.

"그렇다면— 내가 캘바니아 왕국 사상 첫 여왕이 되기로 하지."

"""……무슨?!"""

한없이 대담한 태도를 유지하는 앨빈을 보고 공작들이 곤혹스러워했다.

"우, 웃기는 소리 작작 해! 원칙을 뭐라고 생각하는 거지?!"

"정말이지, 아주 기고만장해져 있는 것 같군요……! 아무리 전설 시대의 기사가 있다지만……!"

"그렇게 시드 경만 의지하면서 왕으로서 부끄럽지도 않습니까? 당신에게는 아무런 힘도 없는 주제에."

"그래! 호가호위, 호랑이의 위세를 빌리는 여우란 말이 괜히 나온 게 아니야! 네놈한테는 아무런 힘도 없으면서……!"

그렇게 매도하는 공작들에게.

「제국의 위세를 빌리는 돼지들」에게 듣고 싶지는 않군."

앨빈이 그렇게 말하자 공작들은 이번에야말로 말문이 막혔다.

"확실히 나는 무력해. 혼자서는 아무것도 할 수 없어. 하지만 이대로 탄식과 고통에 잠길 백성을 나는 못 본 척할수 없어. 내가 무력해도, 왕의 자격이 없어도…… 성왕 아르슬의 피를 이어 온 왕가의 긍지를 걸고서 이 목숨과 맞바꿔서라도 이 나라와 백성을 구하기로 결심했어. 그게 터무니없이 무모한 만용임을 알면서도 시드 경은 내가 가고자 하는 길에 찬동하며 자신의 검을 내게 바치겠다고 맹세했어. 그렇다면 나와 시드 경은 운명 공동체. 내 목숨은 시드 경의 것이며 그 반대도 마찬가지지. 「호가호위」에 대체 무슨 문제가 있지?"

"끄······으······으······?!"

완전히 각오를 다진 앨빈을 보고 공작들은 아무 말도 할 수 없었다.

앨빈이 온몸으로 풍기는 패기에 압도되어 기가 죽어 버렸다.

'이 여자는······ 뭐지······?'

그리고 볼프는 그런 앨빈을 믿을 수 없다는 눈으로 응시하고 있었다.

'이게 그 앨빈······ 알마 공주인가······?'

볼프가 생각하는 앨빈상과 지금의 앨빈은 부합하지 않았다.

앨빈은 「여자」다.

가련하고, 가냘프고, 천진난만하고, 자신이 지켜 줘야만 하는 여자다.

이렇게 뭔가와 맞서 싸우게 해서는 안 되고, 검을 쥐게 하는 건 당치도 않았다.

자신의 비호 속에서, 자신이 만드는 행복한 모형 정원에서, 아무 생각 없이 천진난만하게 웃고 있으면 그만이다.

아니, 그래야 하는 존재다.

'나는…… 여자 주제에 나를 거역하고 의견을 주장하는 건방진 여자가 싫어. 여자는 아무 생각 없이 닥치고 남자 말을 들으면 돼. 그래서 다시는 일어설 수 없도록 철저하게 좌절시켰는데…… 조금 시간이 지났다고 이 모양이라니! 저번과는 전혀 다른 사람이잖아! 대체 왜?!'

볼프는 지금쯤이면 앨빈이 알마 공주로 돌아와서 순순히 볼프를 따를 거라고 짐작했었다.

현재 정세를 봤을 때 그러지 않는 게 오히려 이상했다.

'대체 왜……?!'

볼프가 말 못 할 짜증과 초조함에 떨고 있으니.

"여, 앨빈. 잘 있었어?"

시드가 머리를 벅벅 긁으며 어슬렁어슬렁 찾아왔다.

본래 이곳은 왕족이나 그에 준하는 귀인만이 들어올 수 있는 공간이기에 시드의 행동은 완전히 아웃이지만…… 전혀 아랑곳하지 않았다.

"아, 시드 경!"

앨빈은 볼프와 공작들을 무시하고 시드 곁으로 기쁘게 달려갔다.

"무슨 일 있나요?"

"아니, 이 자리는 아무래도 냄새나잖아? 그러니까 이런 구린내 나는 곳에서 시합을 보는 것보다 블리체 학급 쪽으로 오는 게 낫지 않나 싶어서."

"아하하, 그러네요…… 이곳은 **쓰레기**가 조금 쌓여 있는
것 같으니까요."

앨빈이 키득키득 웃었다.

"하지만 그럴 순 없어요. 이것도 왕의 책무예요."

"그런가. 그거 큰일이네."

"그보다 시드 경은 이런 곳에 와도 괜찮은 거예요?"

"음?"

"참전자들은 슬슬 밑에서 이것저것 준비할 때잖아요?"

"괜찮아. 문제없어. 걱정하지 마."

그렇게 말하고서.

시드는 앨빈의 머리에 손을 올리고 다정하게 쓰다듬었다.

앨빈은 그 손길을 기쁘게 받아들였다.

그리고.

시드가 발길을 돌려 앨빈에게 등을 보였다.

"「기사는 진실만을 말한다」…… 「반드시 이긴다」."

"네, 믿고 있어요. 경에게 빛나는 승리와 영광이 있기를."

그렇게 서로 말하고서.

진심으로 승리를 믿는 앨빈의 배웅을 받으며 시드는 자
리를 떴다.

그런 두 사람의 모습을 보고 있던 볼프가 이를 갈았다.

'그런가…… 저 남자…… 시드 블리체 탓인가……!'

현대에 되살아났다는, 전설 시대 최강이라 칭송받았던 남자.

저 남자 때문에 앨빈은 언제까지고 현실을 보지 않고 사상누각과 같은 희망에 미련스레 매달리는 것이다. 아무리 시간이 지나도 볼프에게 순종하지 않는 것이다.

'용서 못 해……! 미천한 일개 기사 따위가 나를 제치고 나의 알마 공주의 신임과 총애를 한 몸에 받다니……! 있어선 안 될 일이야……! 나는 드래그니르 제국의 볼프 노르 드래그니르……! 세계의 정점에 설 세계 최고의 남자라고……!'

알마 공주의 미소와 사랑은 모두 자신에게 향해야 한다. 저딴 남자에게 향해서는 안 된다.

그렇게 마음속으로 분노와 원망을 토해 내고서.

볼프는 그 자리에서 벗어나…… 투기장 지하의 통로로 들어갔다.

위쪽의 소란과는 거리를 둔 인적 없는 그곳에서 나직이 중얼거렸다.

"이봐, 있나? 백기사."

그러자.

"……."

역시 마법으로 모습을 감췄던 것인지.

마치 어둠 속에서 스며 나오듯 백기사가 나타났다.

백기사는 여전히 용모가 판명되지 않는 새하얀 전신 갑

옷을 입고서 말이 없었다.

그런 백기사에게 볼프가 내씹듯 말했다.

"네놈에게 명령을 내리지. 시드 블리체를 죽여."

"……."

"시합 중에 죽는다면 사고야. 너라면 그 정도는 할 수 있잖아? 다시는 남들 앞에 나설 수 없도록 시드 블리체를 무참히 참혹하게 때려죽여."

침잠한 눈에 위험한 빛을 형형히 밝힌 볼프 앞에서.

"……."

백기사는 한동안 침묵을 유지하다가.

이윽고 작게 고개를 끄덕였다.

그 짧은 순간, 어이없어하는 듯한, 멸시하는 듯한 기운이 백기사에게서 희미하게 흘러나왔지만.

시드에 대한 격렬한 질투와 분노에 타오르는 볼프는 그것을 전혀 눈치채지 못했다.

————.

캘바니아성의 모처.

바닥, 벽, 천장— 모든 것이 돌로 만들어진, 그레이트 홀 같은 의식의 방.

아마 지하에 존재하는 공간일 것이다. 창문 종류는 전혀 없었다.

당연히 내부는 어두웠다. 벽에 걸린 횃불, 정해진 규칙대로 바닥에 놓인 화톳불, 주위를 둥실둥실 떠다니는 도깨비불 요정들의 빛이 공간을 환상적으로 비추고 있었다.

바닥에는 거대한 마법진이 새겨져 있었다. 고대 요정어와 성스러운 삼각형으로 마무리한, 신기한 힘과 분위기가 느껴지는 마법진이었다. 규모가 너무 커서 그 전모는 파악하기 힘들었다.

방의 중심이자 마법진의 중앙에 있는 것은 거대한 비석과 제단이었다.

그 비석의 표면에는 고대 요정어로 글자가 빼곡히 새겨져 있었다.

어딘가 신성하면서도 불온한 기운이 드는 그런 신기한 공간에서.

지금 많은 《호반의 여인》의 반인반요정들이 모여 어떤 작업을 하고 있었다.

"……이쪽 준비는 모두 끝났습니다."

작업을 감수하는 이자벨라 곁으로 온 부하 반인반요정이 보고했다.

"그런가요. 수고했어요. 왕도 백성들의 제사 수행률은 어떻죠?"

"그것도 순조롭습니다. 조사한 바에 의하면 예년보다 수

행률이 더 높다고 합니다."

"다행이군요……."

이자벨라가 진심으로 안도한 듯 한숨을 쉬었다.

"이런 정세니까요……. 왕도 백성이 성령 강림제에 관심을 두지 않고 참가하지 않더라도 전혀 이상한 일이 아니에요."

"그렇죠……."

"이제 남은 건 「위쪽」의 천기사 결정전으로 빛의 요정신에게 「무」를 봉납하고 천기사를 정하는 일뿐…… 그러면 올해의 성령 강림제 의식은 모두 끝나요."

기사들의 「무」 봉납.

그건 성령 강림제에서 가장 중요하게 여겨지는 식전이었다.

동방의 나라들에서는 신에게 제사를 올릴 때 신악(神樂)이라고 불리는 「춤」을 봉납하는데 이치는 그것과 비슷했다.

"정말로 이번에는 다양한 흉사가 겹친 가운데 열린 성령 강림제였지만…… 다들 잘 버티고 힘내 줬습니다. 《호반의 여인》의 수장으로서 진심으로 감사드립니다."

"처, 천만에요……. 저희는 이자벨라 님의 수족이니까요!"

젊은 반인반요정이 송구스러워했다.

"하지만…… 뭐 하나 여쭤봐도 될까요? 이자벨라 님."

"물어보세요."

이자벨라가 재촉하자 그 반인반요정은 말해도 될까 한동

안 망설였지만…… 그래도 도저히 의문을 억누르지 못하고 물었다.

"저기, 그게…… 이자벨라 님께서 말씀하신 대로 올해는 성령 강림제 시기에 제국이 침공해 오고, 3대 공작가가 배신하고, 앨빈 왕자가, 그…… 여성이라는 것이 밝혀지는 등…… 정말로 이런저런 큰일이 있었잖아요."

"네."

"그러니까 그…… 정말로 이런 때에 성령 강림제를 열 필요가 있었을까요……? 올해 정도는 중지해도 괜찮지 않았을까요……?"

그 반인반요정은 이자벨라가 자신을 지그시 바라보고 있음을 깨닫고 허둥지둥 변명했다.

"아, 아뇨! 그게! 딱히 성령 강림제를 열면 안 된다는 말은 아니고요! 그러니까…… 이자벨라 님이 걱정되어서요! 제국의 침공 대책으로 정신없이 바쁜 가운데 성령 강림제까지 직접 솔선해서 준비하시고…… 쓰러지기 직전이시잖아요!"

"……."

확실히 그 반인반요정이 지적한 대로 이자벨라의 안색은 좋지 않았다. 다양한 일이 너무 많이 겹쳐서 벌써 며칠이나 자지도 않고 쉬지도 않으며 일하고 있었다.

"그런데도 무리해서……."

"걱정해 줘서 고마워요, 리베라."

이자벨라가 그 반인반요정— 리베라를 향해 생긋 웃었다.

"하지만 저는 괜찮아요. 정말로 힘든 사람은 선왕과 저희의 사정에 휘둘린 앨빈 왕자예요. 그 아이의 고통을 생각하면 이 정도는 문제없어요."

"이자벨라 님⋯⋯."

"그리고."

별안간 이자벨라가 표정을 다잡았다.

"이 성령 강림제는⋯⋯ 무슨 일이 있어도, 설령 이 나라가 멸망하더라도 매년 반드시 집행해야만 해요."

나라가 멸망하면 집행할 수 없지만요, 하고 이자벨라가 쓴웃음을 지으며 덧붙였다.

"네?! 이 제사는 반드시 집행해야만 한다고요⋯⋯?"

당연히 의문을 느낀 리베라는 고개를 갸웃했다.

"이상한 얘기네요. 아니, 반인반요정으로서 빛의 요정신님에게 감사 기도를 올리는 제사가 중요하다는 건 알지만⋯⋯ 반드시 집행해야만 한다니⋯⋯."

"리베라. 우리 《호반의 여인》은 옛 맹약에 따라 성왕 아르슬의 계보인 캘바니아 왕가를 섬기며, 빛의 요정신님과 왕가를 잇는 무녀 역할을 맡은 자들이에요. ⋯⋯맞죠?"

"네? 아, 네! 맞습니다!"

"그리고 《호반의 여인》의 수장은 엄격한 원칙에 따라 다양한 비의와 비전을 대대로 구전으로 전하고 있다는 것도⋯⋯

알고 있죠?"

"네! 그것도 알고 있습니다!"

"당신은 제 뒤를 이을 차기 무녀장 후보이니 가르쳐 드리겠어요. 그 구전 중에 이런 내용이 있어요. 「비전 아흔아홉, 성령 강림제는 절대 끊어져선 안 된다」……「끊어지면 이 세계에 죽음의 겨울이 찾아오리라」……."

"네?!"

깜짝 놀란 듯 리베라가 펄쩍 뛰었다.

"그, 그게 대체 무슨 뜻이죠?!"

"모르겠어요."

이자벨라는 힘없이 고개를 저었다.

"선대 《호반의 여인》 무녀장 에바 님…… 제 스승님인데…… 그분은 제게 모든 구전을 전수하기 전에 의문스럽게 급사하셨어요."

에바의 이름은 리베라도 알고 있었다. 타의 추종을 불허하는 압도적인 마나 감응 능력과 마법 실력을 가졌던, 역대 최고의 무녀장으로 유명한 반인반요정 여성이었다.

그녀의 마법 실력은 전설 시대의 반인반요정들에게 필적할 수준이었다고 한다.

"아마 에바 님께서 제게 알려 주시지 않은 구전 속에…… 성령 강림제의 비밀에 관한 조항이 있었겠지만…… 이제는 알 수 없죠."

"그, 그랬군요……."

"다만…… 봄의 성령 강림제만큼은 목숨과 맞바꿔서라도 철저히 집행하라고 말씀하시던 에바 님은 뭔가를 몹시 두려워하시는 것 같기도 했어요. 제가 생각하기에 그 귀기가 감돌던 모습은 옛 원칙이나 관습을 고집스럽게 준수하는 단순한 전통주의 때문이 아닌 것 같았어요. 에바 님의 사상은 오히려 혁신파였고, 앞으로는 여성도 왕이 될 수 있도록 원칙과 법을 바꿔야 한다고 주장한 사람은 그분이 최초였으니까요. 물론 앨빈 왕자가 태어나기 전의 얘기예요."

"흐아…… 그런 분이셨군요."

리베라가 감탄한 듯 눈을 동그랗게 떴다.

"그렇다면…… 성령 강림제를 준수하라는 그 말은 더더욱 꺼림칙하네요."

"그렇죠. 하지만……."

이자벨라가 안심시키듯 리베라를 향해 미소 지었다.

"어쨌든 성령 강림제를 정해진 형식대로 확실하게 집행하면 아무런 문제도 없어요. 지금은 그거면 되겠죠."

"그러네요……."

"자, 슬슬 천기사 결정전이 시작될 때예요. 우리의 의식도 드디어 막바지…… 힘내기로 해요. 정말 힘들어지는 건 무사히 성령 강림제가 끝난 이후니까요."

"네!"

리베라가 그렇게 씩씩하게 대답하고.

두 사람은 다시 작업에 들어갔다.

————.

이리하여.

마침내 성령 강림제의 가장 주목받는 전통 식전— 천기사 결정전이 시작되었다.

지금은 참전하는 기사들이 중앙 필드에 모여 한창 개회식이 열리고 있었다.

투기장에 모인 참전자들은 당연히 왕국 최강급이라고 칭송받는 강자들뿐이었다.

그런 참전자들 중에 시드와 백기사의 모습도 있었다.

성령 어전 투기장의 관객석은 많은 관객으로 붐비고 있었다.

민중뿐만 아니라 왕도에서 일하는 일반 기사들과 캘바니아 왕립 요정기사 학교의 전교생도 관객석에서 중앙 필드를 지켜보고 있었다.

그도 그럴 것이 이 천기사 결정전으로 왕국의 명운이 결정될지도 몰랐다.

누구나 싫어도 주목할 수밖에 없었다.

"젠장…… 결국 시드 경에게 전부 맡길 수밖에 없나……."

관객석에서 크리스토퍼가 이를 갈듯 말했다.

"정식으로 서훈을 받은 정기사 이상의 기사만이 천기사 결정전에 참가할 수 있으니까요……. 서훈을 받지 않은 저희 종기사는 어쩔 도리가 없어요."

일레인이 고개를 저었다.

"하지만 난감하게 됐어. 시드 경이 정말로 이길 수 있을까……?"

"뭐라고요?! 세오도르! 스승님의 힘을 의심하는 건가요?!"

세오도르가 씁쓸한 얼굴로 중얼거리자 즉각 텐코가 반발했다.

"확실히 제국이 내보낸 저 백기사는 가공할 만한 강자예요! 하지만 스승님이 일대일로 싸워서 지는 건 도저히 생각할 수 없어요!"

"뭐, 일대일이라면 솔직히 나도 시드 경이 질 거라고 생각 안 해. 하지만 너도 알잖아? 이 싸움은 시드 경 혼자 **투기장의 전원**과 싸워야 해."

"네? 그게 무슨……?"

"텐코, 너 정말로 괜찮은 거야? 최근 검 실력과 반비례하여 점점 더 머리가 둔해지고 있지 않아?"

어리둥절한 모습인 텐코를 보고 세오도르가 탄식하며 설명하기 시작했다.

"이 천기사 결정전은 왕국 최강의 기사를 정하는 싸움이야. 당연히 참전자는 전원 요정검을 가진 요정기사지. 요정검이 없는 일반 기사가 나설 자리는 없어. 즉, 참전자는 전원 빨강 기사단, 파랑 기사단, 초록 기사단…… 뒤란데 공, 오르토르 공, 앤서로 공 휘하의 기사인 거야. 왕실파의 요정기사는 아직 서훈을 받지 않은 우리뿐…… 즉, 백기사를 포함해서 저기 있는 모두가 시드 경의 적이란 말이 돼."

"……?!"

"그리고 천기사 결정전의 시합 방식은 전통적으로 배틀 로얄 매치야. 저 널찍한 필드에서 모든 기사가 일제히 자유롭게 싸움을 시작해서 최후에 서 있는 자를 승자로 하는…… 그런 방식이야."

"그런 방식이라면 순수한 실력뿐만 아니라 운 같은 것도 중요하지만…… 그걸 포함해서 빛의 요정신에게 사랑받는 최강의 천기사니까요. 가타부타 말은 있겠지만, 어쨌든 그런 규칙이라서 따를 수밖에 없어요."

일레인이 그렇게 덧붙였다.

"자, 이런 상황에서 이 나라를 제국에 팔아넘기려 하는 3대 공작가 휘하의 기사들은 어떻게 움직일 것 같아? 전개는 불 보듯 뻔하잖아."

"그야…… 노골적으로 시드 경을 없애려 들겠지……."

"설마…… 그런……!"

마침내 알아차린 텐코가 귀를 바짝 세우고서 노여워하며

이를 갈았다.

"이 싸움은 영예로운 천기사 결정전이에요! 이때만큼은 파벌의 굴레도 전부 내던지고서 기사들 개개인이 저마다 자신의 영광과 승리만을 위해 검술과 마법과 전신전령을 다하는…… 그런 신성한 싸움일 텐데요!"

"그렇게 예의 바른 녀석들이 배신하거나 나라를 팔아넘기겠냐."

세오도르가 침을 뱉듯 말했다.

"근데…… 백기사란 녀석의 실력은 실제로 어느 정도야?"

"저도 그 힘의 편린을 느꼈을 뿐이라 자세히는 말할 수 없지만……."

세오도르에 물음에 텐코가 얼굴을 찌푸리며 대답했다.

"솔직히 말해서…… 틀림없이 강해요. 스승님이나 요전번에 대치했던 리피스 경…… 즉, 전설 시대급 기사의 압력과 격을 느꼈어요. 저 같은 건 순식간에 당하겠죠."

"테, 텐코 선배가 그렇게까지 말하다니……."

"저, 저희 중에서 가장 강한 텐코 씨가 그렇게 느꼈다면…… 부, 분명 그렇겠죠……."

유노와 리네트가 흠칫거리고 있으니.

"위협은 백기사뿐만이 아니야."

일동의 뒤에서 불쑥 그런 목소리가 들렸다.

돌아보니 그곳에는…….

"루이제?! 요한과 올리비아까지······?!"

오르토르 학급, 앤서로 학급, 뒤란데 학급의 2학년 종기사들이 있었다.

"흥, 실례하지. 솔직히 평소에 시드 경의 가르침을 받는 우리는 자신의 학급 내에서 눈치가 좀 보이거든."

"1학년 때는 우리 셋 모두 학급장이었는데 진급과 함께 제외됐고 말이지."

"윗선의 괴롭힘이 너무 노골적이야. ······싫다, 이 나라."

그렇게 저마다 말하고서 세 사람은 블리체 학급이 진을 친 곳에 앉았다.

"그런데 루이제. 위협은 백기사뿐만 아니라는 게 무슨 뜻이야?"

"나 참······ 뭐, 어쩔 수 없지. 너희는 차원이 다른 시드 경이 옆에 있어서 감각이 마비됐겠지만······ 정식으로 서훈을 받은 캘바니아 요정기사단의 현역 기사들을 너무 얕보고 있어."

루이제가 탄식하며 말을 이었다.

"기사단의 상층부에는 극에 달한 신령위나 정령위 요정검을 가진 사람이 많아. 이른바 특급 기사 계급을 가진 엘리트 중의 엘리트들이야. 게다가 그들은 요마나 암흑기사와의 실전 경험도 풍부해. 보통은 왕국 각지를 수비하고 있기에 이 왕도에서 볼 일이 없지만······ 그런 왕국의 정상급 기사들이 불려 와서 참전했다고. 말해 두는데, 똑같은 신령위여도 아직 햇병아리에 불과한 나와는 차원도 격도 달라. 그들은 이 나라가 전통적으로 「요정검만 의지하는 싸움」을 옳다고 여기게 될 만큼…… 강해.”

“그래. 루이제 말이 맞아. 나도 시드 경의 싸움을 보고 강함의 개념이 뒤집히기 전까지는 강한 기사의 모습이란 그런 것이라고 믿고 있었으니까…….”

“이번에 참전한 사람은 108명. 순서대로 한 명씩 싸운다면 시드 경이 지는 일은 없을 거라고 나도 생각하지만…… 그걸 한꺼번에 상대한다면……?”

요한과 올리비아도 진지한 얼굴로 루이제에게 동의했다.

그러자 블리체 학급 학생들 사이로 급속도로 불안한 분위기가 흐르기 시작했다.

“스, 스승님…… 괜찮은…… 거죠……?”

텐코는 중앙 필드에 혼자 우두커니 선 시드의 모습을 불안하게 바라보았다.

────.

성령 어전 투기장의 중앙 필드.

지금 그곳에는 캘바니아 왕국의 각 지방에서 돌아온 실력 있는 요정기사들이 모여 있었다.

다들 빨강, 파랑, 초록 기사단 제복 차림에 요정검을 든 완전한 전투태세였다.

개회식이 끝나고 시합 개시 전의 대기 시간.

독특한 긴장감이 주변에 팽팽하게 감돌고 있었다.

그런 와중에……

"흐암…… 졸려……"

시드는 평소와 똑같았다.

양반다리로 털썩 주저앉아 하품을 하고 있었다.

"흠……"

그리고 주위를 둘러보았다.

역시나 투기장에 모인 기사 대부분이 시드를 힐끔힐끔 보며 적의를 보내고 있었다.

전장에서 적의 대군 한복판에 혼자 뛰어들었을 때 같은 감각이었다.

시드는 눈치채지 못한 척 모든 시선을 무시했다.

어중이떠중이들을 무시하고, 이곳에 모인 기사들 중에서 어떤 인물을 찾았다.

찾던 인물은 바로 발견되었다.

혼자만 존재감이 달랐기 때문이다.

'……있다.'

백기사였다.

시드의 반대편…… 필드를 에워싼 벽 쪽에 서 있었다.

"……."

여전히 하얀 전신 갑옷을 입고 얼굴 전체를 가리는 풀페이스 투구를 쓰고 있어서 표정은 알 수 없지만…… 그 바이저 안쪽의 눈은 시드를 똑바로 바라보고 있는 것 같았다.

시드는 감각을 곤두세워 기척과 자세만으로 백기사를 살폈다.

'으음~? 이 묘한 감각…… 저 하얀 갑옷은 「정체 은폐」 마법이 걸려 있군……. 심지어 꽤 고도의 기술이야.'

마법의 힘이 방해해서 시드의 감각으로도 백기사의 기운이나 마나의 색, 파장을 파악하기 어려웠다.

하지만 그래도 역시 전설 시대의 기사.

시드가 감각을 더 곤두세워서 진심으로 백기사를 살피니…… 어슴푸레하게나마 느껴지는 것도 있었다.

'역시 나와 똑같은 전설 시대급의 힘을 가진 기사야. 그리고 이 감각…… 저 백기사와 예전에 어딘가에서 만난 적이…… 있나?'

틀림없다.

두터운 「정체 은폐」가 방해해서 매우 알기 어렵지만.

시드는 이 백기사와, 이 마나의 주인과 이전에 만난 적이 있었다.

그건 언제였는가? 어디서였는가?

정신이 아득해질 만큼 먼 옛날이었던 것 같다.

혹은 바로 최근이었던 것 같기도 했다.

대체 이 기묘한 기시감은 뭘까? 시드가 한층 더 백기사를 살펴려고 했을 때.

'······음?'

문득 깨달았다.

이곳에 있는 모든 기사가 예외 없이 시드에게 적의와 살의를 보내고 있는데.

백기사가 시드에게 보내는 것은 적의나 살의와는 다른 무언가였다.

실로 의외였다. 볼프의 부하인 백기사야말로 이 자리에서 가장 시드에게 적의를 품고 있을 텐데.

시드가 백기사의 진의를 헤아리고자 지그시 바라보니.

"······."

휙.

어째선지 백기사는 고개를 돌려 버렸다.

'······흠······?'

아무래도 거동이 기묘한 백기사를 보고 시드가 어쩔까 생각하고 있으니.

"네놈이 시드 블리체군?"

시드 앞에 기사 세 명이 나타났다.

험악한 분위기를 풍기며 깔보는 세 사람의 등장에 시드는 눈을 깜박였다.

"으음~? 누구신지?"

"홍, 이 나라에 있으면서 우리를 모르다니!"

그러자 세 기사가 내씹듯이 차례차례 이름을 밝혔다.

"저는 아이기스 오르토르…… 오르토르 가문의 차기 가주이자 파랑 기사단의 특급 기사예요."

파랑 기사단 제복을 입은 여성이 고압적으로 말했다.

"저는 카임 앤서로…… 앤서로 공작가의 차기 가주이자 초록 기사단 특급 기사죠."

초록 기사단 제복을 입은 미모의 청년이 온화하게 미소 지으며 말했다.

"나는 번즈 뒤란데…… 뒤란데 공작가의 차기 가주이자 빨강 기사단 특급 기사…… 그리고 작년 천기사다."

마지막으로 빨강 기사단 제복을 입은 근육질 청년이 윽박지르듯 말했다.

"호오? 3대 공작의 자녀분들인가."

시드가 턱을 매만지며 세 사람을 흘깃 보았다.

아이기스는 장검형, 카임은 창형, 번즈는 대검형 요정검을 가지고 있었다.

당연히 전부 신령위였다.

'좋은 검을 가지고 있잖아. 그리고 꽤 강해. 적어도 지금

의 블리체 학급 녀석들은 상대가 안 되겠어.'

그렇게 생각하며 시드가 물었다.

"그래서? 나한테 무슨 볼일이야?"

"흥. 네놈이 분수도 모르고 기고만장한 것 같아서 말이지. 선배로서 못을 박으러 온 거다."

"선배라니…… 내 쪽이 대선배인데? 딱히 선배 행세를 할 생각은 없지만."

어이없다는 얼굴로 지적한 시드의 말을 무시하고 세 기사는 계속 말했다.

"지금까지 네놈은 중앙에서 아주 눈부시게 활약한 모양이지만, 그건 우리가 지방에 가 있었기 때문이야."

"진정한 강자의 부재중에 설쳐 대도 곤란하단 말이죠."

"그리고 듣자 하니 귀공은 요정검을 안 가지고 있다던데?"

"하아…… 어머니도 어째서 이런 범부를 그렇게나 경계하시는 건지…….'

"설마 아니겠지만. 중앙 기사들의 실력이 이 나라 기사의 실력이라고 진심으로 생각하셨습니까?"

"우리는 지방에서 요마와 야만족, 북쪽 마국의 침략에 맞서 늘 싸우고 있어. 솔직히 말해서 미적지근한 중앙 녀석들과는 격이 달라."

"전설 시대의 기사인지 뭔지 모르겠지만 각오하세요."

"현 가주의 의지에 따라 왕실파인 귀공은 철저히 밟을

생각인지라."

"크하하하하! 많은 백성이 보는 앞에서 처참한 꼬락서니나 실컷 보이라고!"

세 사람은 시드를 향해 멋대로 지껄여 댔지만.

시드에게는 그들의 목소리가 들리지 않았다. 그들의 모습이 보이지 않았다.

왜냐하면—.

"……."

백기사가 다시 시드 쪽을 지그시 바라보고 있었기 때문이다.

심지어 그 시선에 분노와 짜증이 담겨 있음을 시드는 예민하게 알아차렸다.

그러나 이상하게도…….

'이 분노와 짜증은 나를 향한 게 아니야……. 굳이 따지자면 이 녀석들을 향한 건가……?'

세 기사는 여전히 멋대로 시드를 매도하고 모욕하고 있었다.

그건 진심으로 어찌 되든 좋지만, 백기사의 반응을 이해할 수 없었다.

백기사에게 시드는 쓰러뜨려야 할 적이고, 공작 측 기사들은 아군일 터였다.

　그런데 왜 백기사는 이 기사들에게 분노하고 있는 걸까……?

　'흠…… 아무 생각 없이 이기면 될 줄 알았는데…… 이 천기사 결정전, 한바탕 파란이 일겠어…….'

　시드는 세 기사의 매도를 완전히 무시하며 시합이 시작될 때까지 생각에 잠겼다.

　세 기사에게는 조금도 관심이 없었지만, 백기사에게는 조금 흥미가 일었다.

──────.

　마침내 시합이 시작될 때가 되었다.

　이 나라의 명운이 걸렸다고는 하지만, 그래도 기사의 정점을 정하는 천기사 결정전.

　최상의 오락에 관객들도 피가 끓을 수밖에 없었다.

　떠나갈 듯한 환호성 속에서 시합 개시를 알리는 징 소리가 투기장에 울려 퍼졌고—.

　둥글게 모인 기사들이 빛의 요정신상을 향해 인사한 뒤 요정검을 뽑아 하늘로 들고 산개. 전투태세를 취했다.

　"영차…… 후……."

하지만 시드는 허리 뒤쪽에 고정한 검— 흑요철검을 뽑지 않고 그대로 그 자리에서 좌우로 다리를 쭉쭉 펴며 스트레칭했다.

　"그나저나 이런 형식으로 싸우는 건 오랜만이야. 자, 그럼 어떻게 움직일까…… 음?"

　팔을 뒤로 돌려 견갑골 주위를 늘리다가 깨달았다.

　""""……."""""

　투기장에 있는 모든 기사가 시드에게 검을 겨누고 있음을.

　"젠장! 이럴 줄 알았어!"

　"역시 이렇게 되는군요……. 속이 안 좋네요."

　"다, 당신들은 기사의 긍지가 없나요?! 비겁해요!"

　블리체 학급이 있는 관객석 한편에서 크리스토퍼와 일레인이 화를 냈고, 텐코가 송곳니를 드러내며 외쳤다.

　"신령위 요정검이 많이 포함된 왕국 최강급 기사들 100여 명…… 이래서는 아무리 시드 경이라도……."

　루이제도 진땀을 흘리며 상황을 주시할 수밖에 없었다.

　"응…… 뭐…… 그렇겠지. 알고 있었어."

　정작 시드는 이 알기 쉬운 상황에 쓴웃음을 지으며 머리를 긁적이고 있었다.

한편, 시드와 가장 멀리 떨어진 곳에 백기사가 서 있는 것도 보였다.

의외로 백기사 역시 아직 검을 뽑지 않은 상태였다.

멀리서 시드를 지그시 바라볼 뿐이었다.

"……흠. 뭐가 나올지 조금 기대되기 시작하는데."

그렇게 시드가 백기사를 마주 보고 있으니.

"크크큭…… 미안하군, 시드 블리체. 네놈은 속공으로 탈락해 줘야겠어."

번즈, 아이기스, 카임…… 아까 왔던 세 기사가 의기양양하게 다가왔다.

"상황이 이 지경인데도 정세를 못 읽는 어리석은 앨빈 편에 붙은 것을 후회하세요."

"이 시합에서 백기사가 이기게 하면 우리의 미래와 영광은 보장됩니다. ……이야, 저희의 발판으로 삼아서 정말 죄송합니다."

그렇게 흡족하게 웃는 세 사람에게.

"미안."

시드가 한 손으로 합장하고서 진심으로 미안하다는 듯 가볍게 머리를 숙였다.

"원래는 너희의 체면이 구겨지지 않도록 그럭저럭 좋은 승부를 펼칠 생각이었어."

""""뭐?""""

"근데 주요리가 아무래도 신경 쓰여서 말이지. 전채는
후루룩 먹어 버리기로 했어. 용서해."

그렇게 말하고서.

시드는 기사들 건너편에 서 있는 백기사만을 응시했다.

세 명의 신령위 요정기사조차 전혀 안중에 없었다.

"우리가 전채라고······?! 기고만장한 것도 유분수지······!"

"우리 전원을 상대로 이길 수 있을 것 같아······?!"

"분수를 모르는 정도가 아니라 어리석고 멍청하군요······!"

세 기사는 당연히 얼굴이 시뻘게져서 격노했다.

그 분노를 드러내듯.

번즈가 손을 들어 호령했다.

"공겨어어어어어어어어어어어어억—!"

그러자 투기장에 있는 100여 명의 기사가 일제히 움직였다.

각자의 요정검을 들고 저마다 요정마법을 발동했다.

다음 순간, 중앙 필드에 지옥이 펼쳐졌다.

작열하는 화염이 폭풍이 되어 소용돌이치고, 지옥의 냉
기가 휘몰아치고, 들끓는 마그마가 솟구치고, 진공 칼날이
난무하고, 독화가 백화요란하고, 무수한 불덩이가 날아다
니고, 베어 가르는 제트 수류가 춤추고, 거대한 흙골렘이

사방팔방에서 달려들고, 뾰족한 보석이 탄환이 되어 빗발치듯 쏟아지며…… 무시무시한 파괴력이 격류가 되어 시드에게 쇄도했다.

역시 왕국의 정예 요정기사들이었다.

이곳에는 물론 【불살 결계】가 쳐져 있지만, 그것을 관통하여 시드를 완전히 이 세상에서 지워 버릴 듯한 위력과 기세였다.

그런 파괴력의 폭풍 같은 광경을 보고.

"아아! 젠장! 이건 이제 틀렸어!"

"스, 스승니이이이이이이이임—!"

크리스토퍼와 텐코가 머리를 싸매고서 비명을 질렀고.

"홋, 이겼군."

"이 정도 공격이면…… 역시 무사할 수는 없겠죠."

"생각보다 허무하게 끝났네요."

3대 공작이 의기양양하게 굴었고.

투기장에 있는 모두가 전설 시대 최강의 기사의 갑작스러운 탈락을 예감했다.

단 한 명—.

무언가를 믿듯 지그시 필드를 응시하는 앨빈을 제외하

고서.

그리고.

다음 순간이었다.

세찬 낙뢰 소리와 함께 번개가 전장을 달렸다.

""""으아아아아아아아아아아아아아아악—!""""

파직파직파직! 하고 터지는 번개에 휩싸여 열 명 정도 되는 기사가 하늘을 날았다.

"……무슨……?!"

관객들의 어안이 벙벙해졌다.

그리고 겹겹이 감싼 기사들의 포위망 뒤편에서.

"……."

몸을 숙인 자세로 오른손을 앞으로 내민 시드가 눈을 감고 잔심 상태에 들어가 있었다.

몰려든 기사들을 좌우로 가르듯 필드에 그어진 한 줄기 번개가 빛의 잔재를 튀기고 있었다.

털썩털썩털썩…….

하늘로 날려졌던 기사들이 마침내 땅에 떨어진 소리를 듣고 번즈, 아이기스, 카임도 정신을 차렸다.

"……무, 무슨 일이 벌어진 거야……?!"

"아, 안 보였⋯⋯?!"

"너무 빨라⋯⋯. 말도 안 돼⋯⋯?! 기사단에서 가장 빠른 내가 모습을 놓치다니⋯⋯?!"

세 사람만 경악한 게 아니었다.

시드와 대치했던 100여 명의 기사 모두가 믿을 수 없다는 심정으로 시드의 뒷모습을 응시하고 있었다.

되살아난 전설 시대의 기사, 시드 블리체의 소문은 확실히 들었다.

어마어마한 힘을 가진, 차원이 다른 기사라고 들었다.

하지만 결국 구시대의 기사. 당시와 비교하면 지금의 마법은 진화했을 터.

그러니 엘리트인 자신들의 적수는 못 된다.

도저히 믿을 수 없는 성과를 이것저것 올리고 있는 것 같지만 결국 소문.

소문은 과장되는 법이다. 왕실파 녀석들이 공작파를 견제하기 위해 없는 말도 지어내서 퍼뜨리고 있을 뿐⋯⋯ 그렇게 생각했다.

결국 소문은 소문에 불과한 것이 맞았다.

진실을 전혀 올바르게 나타내지 못했다.

그랬다.

이 시드 블리체는⋯⋯ 어떻게 생각해도 **소문 이상**이었다.

"자, 간다."

재차 시드가 낙뢰 소리와 함께 섬광이 되어 움직였다.

—일섬.

몰려 있는 기사들의 반대편으로 순식간에 달려갔다.

기사 몇 명이 또 속수무책으로 하늘을 날았다.

"흐, 흩어져! 흩어져어어어어어어어어어어—!"

마침내 정신을 차린 번즈가 외쳤다.

"뭣들 하는 거야?! 포위해! 일제히 달려들면—!"

그렇게 지시한 보람도 없이.

섬광이 달리고, 달리고, 달렸다.

섬광이 필드를 종횡무진 달릴 때마다 그에 휘말린 기사들이 수직으로, 수평으로, 대각선으로, 포물선을 그리며 차례차례 날아갔다.

"쏴라! 쏴아아아아아아아아아!"

"마법으로 공격해애애애애애애애애애애—!"

그런 시드를 제압하고자 기사들이 요정검을 들고 차례차례 공격 마법을 때려 박았다.

하지만 역시 누구도 땅을 달리는 번개가 된 시드를 잡지 못했다.

그건 하늘에서 떨어지는 번개를 활로 맞히겠다는 것과 같은 말이었다.

기사들이 궁색하게 날린 마법은 시드를 스치지도 못했다.

섬광이 달려간 뒤 잔상이 남은 공간을 불덩이와 바람탄

환이 허무하게 할퀼 뿐이었다.

"흡─!"

그러는 사이에도 섬광이 된 시드가 전장을 달렸고─.

일섬, 일섬, 일섬─.

""""으아아아아아아아아아아아아아악─!""""

온몸을 번개에 뜯어 먹힌 기사가 한 명씩 하늘을 날고 무너졌다.

"안 되겠어! 너무 빨라!"

"접근해서 백병전을 걸어─!"

간격을 두고 공격 마법을 날리는 방식으로는 번개가 되어 이동하는 시드를 잡을 수 없음을 깨달은 몇몇 기사가 시드에게 육박하여 과감하게 공격했다.

요정검에서 받은 마나로 강화한 신체 능력을 이용해 시드를 뒤쫓아 따라잡았다.

무시무시한 속도와 검압으로 치려고 했다.

하지만─.

─그 순간, 시드의 속도가 더 빨라졌다.

그건 그야말로 「빛 속으로 사라졌다」라고 해야 할, 차원이 다른 변속이었다.

찰나, 번개가 땅에서 튀어 올라 하늘을 박차고 급선회했다.

휘둘리는 시드의 왼손.

찔러 드는 시드의 오른손.

"""""끄아아아아아아아아아아아아악—?!"""""

시드를 에워싼 기사 몇 명이 속수무책으로 날아가 땅을 굴렀다.

"뭐야……?! 저 남자는 뭐냐고……!"

"정말로 우리와 같은 인간인가……?!"

"요정검도 없고…… 심지어 검조차 뽑지 않았는데……?!"

모두가 경악할 수밖에 없었다.

그리고 모두가 이판사판으로 시드에게 달려들어서— 모조리 날려지고, 굴려지고, 때려눕혀지고, 거꾸러지고, 격파당하고, 순식간에 의식을 잃었다.

"하앗—!"

시드의 움직임은, 기세는, 전혀 멈추지 않았다.

멈출 기미가 전혀 없었다.

섬광이 필드를 달리고, 달리고, 뛰었다.

시드를 적대하는 기사들이 픽픽 쓰러져 나갔다.

"큭! 어쩔 수 없지……! 다 같이 하자……!"

실제로 보고도 믿기 어려운 자신들의 열세에 번즈가 아이기스와 카임을 재촉했다.

"대기도다……! 대기도를 쓰는 거야……!"

대기도.

요정검에 의한 요정마법의 최대 오의.

요정검에 극한까지 숙달되어야 비로소 쓸 수 있는 최강의 마법이었다.

심지어 세 사람의 요정검은 신령위.

그렇기에 그 위력과 효과는 웬만한 요정기사들과 비교할 수 없었다.

"그, 그렇죠! 우리의 대기도를 쓰면……!"

"네! 셋이서 일제히 대기도를 날린다면……!"

번즈, 아이기스, 카임이 각자의 요정검을 들었다.

그리고 대기도의 언령을 외우려고 한…… 그때였다.

"여어."

어느새 세 사람 앞에 시드가 와 있었다.

자잘한 번개 잔상을 온몸에 휘감고서 마치 산책하다가 인사하듯 세 사람을 향해 가볍게 손을 들었다.

"……아니?!"

"솔직히 너희의 대기도에는 흥미가 있지만…… 얼른 주

요리를 먹으러 가고 싶어서 말이지."

시드가 그 자리에서 빙글 회전하며 돌려차기를 날렸다.

와장창!

그 일격에 세 기사가 대기도를 날리려고 들었던 신령위 요정검이 산산이 조각나며 파편이 주변에 흩날렸다.

"무슨―."

세 기사는 어안이 벙벙해져서 굳었다.

자신들의 자랑인 신령위 요정검이 간단히 부서졌다……

그 사실이 시간을 멈췄다.

그렇게 일순 경직된 사이에 세 사람의 시야에서 시드의 모습이 홀연히 사라졌고.

"여, 허, 차."

툭, 툭, 탁.

세 사람의 뒤를 쓱 지나간 시드가 순서대로 목을 손날로 쳤다.

다음 순간, 세 사람의 눈이 휙 뒤집히며 흰자가 드러났고.

"마, 말도 안 돼……."

"……이런…… 일이……."

"으, 어……."

세 기사는 그대로 풀썩 쓰러지고 말았다.

고요…….

어느새.

중앙 필드에 서 있는 사람은…… 아무도 없었다.

시드와, 처음부터 변함없이 여유롭게 시드를 보고 있는 백기사를 제외하면.

"마…… 맙소사…… 번즈가…… 기사단의 정예가 이렇게 간단히……?!"

"거, 거짓말……?!"

"마, 말도 안 돼……. 아무리 그래도 이건……?!"

3대 공작은 눈을 치켜뜨고서 떨고 있었고.

"괴, 굉장해요…… 교관님……."

"이게 바로 개수일촉이란 거죠!"

"야…… 저걸 누가 어쩐다고……?"

"아하, 아하하…… 역시 우리의 교관은 규격을 벗어났네요……."

"까놓고 말해서 이쯤 되면 오히려 질리는데……."

리네트, 유노, 크리스토퍼, 일레인, 세오도르는 어이없다는 모습으로 쓴웃음을 지었고.

"……어? 저는 저걸 넘어서야 스승님에게 고백할 수 있는 건가요……?"

텐코는 새파래져서 머리를 싸맸고.

"후, 후후…… 무시무시하네! 아무래도 나는 전설 시대 최강의 저력을 잘못 알고 있었던 모양이야……! 하지만 따라잡아 주겠어…… 언젠가 반드시……!"

루이제는 감동한 듯 주먹을 움켜쥐고서 떨고 있었다. 어린아이처럼 동경하는 눈으로 시드를 지그시 바라보고 있었다.

그리고…….

"……."

"……."

중앙 필드의 시드와 귀빈석에 서 있는 앨빈의 눈이 마주쳤다.

앨빈은 한없이 신뢰하는 표정으로 시드를 가만히 바라보았고.

시드는 그에 답하듯 고개를 끄덕였다.

"큭…… 저 자식……!"

그런 앨빈의 모습을 볼프는 굴욕스러운 표정으로 볼 수밖에 없었다.

"……자, 그럼."

시드가 앨빈에게서 시선을 떼고 휙 뒤돌았다.

100명이 넘는 기사가 차곡차곡 쓰러져 있는 송장들 너머.

그곳에 백기사가 조용히 서 있었다.

"예선은 끝이야. 결승전에 들어가자고. 백기사."

"……."

전투 불능이 되고 10초간 일어나지 못한 기사는 외야에 있는 《호반의 여인》들이 마법을 사용해 시합장 밖으로 전송하는 것이 규칙이었다.

그렇기에 쓰러진 기사들이 차례차례 마나의 빛에 휩싸여 사라지는 가운데.

누가 먼저랄 것도 없이.

시드와 백기사가 서로를 향해 걸어갔다.

그리고 어느 정도 간격까지 다가갔을 때, 두 사람 모두 발을 멈추고 조용히 서로를 노려보았다.

그런 두 사람의 모습을 보며 숨을 꿀꺽 삼키는 관객들.

쥐 죽은 듯 고요해지는 투기장.

바야흐로 지금…… 왕국 최고의 천기사를 정하는 싸움이 시작되려 하고 있었다.

제6장 천기사

제6장 위에 작은 글씨로 "슈발리에 원"

"후우. 곧 있으면 성령 강림제가 끝나는군요……."

캘바니아성의 모처.

지금까지 《호반의 여인》들이 총출동하여 집행하던 의식의 절차가 모두 끝나서 이자벨라는 안도의 숨을 내쉬고 있었다.

수정 구슬로 「위쪽」 상황을 확인하니 시드와 백기사가 대치 중인 광경이 보였다.

이대로 천기사가 정해지면 올 성령 강림제의 모든 절차가 끝난다.

"수고하셨습니다, 이자벨라 님."

보좌관 리베라가 이자벨라를 위로하듯 말하며 마실 것을 내밀었다.

"고맙습니다."

이자벨라는 그것을 받고 주위를 둘러보았다.

바닥에 있는 거대한 마법진에서는 대량의 마나가 약동하며 어떤 힘을 가동시키고 있었다.

중앙의 제단 위에는 이 비밀 의식의 촉매가 되는, 빛의 요정신에게 올리는 공물이 나열되어 있었다.

아네모네 꽃다발, 월계수의 어린 가지, 아쿠아호의 물, 거인족이 만든 봉납검, 반인반요정 처녀의 머리카락……

그 외 다양한 공물이 바쳐져 있었다.

"그렇게 입수하기 어려운 공물은 아니지만…… 이런 상황이니까요. 전부 모아서 이렇게 올해도 봉납하게 되어 다행이에요."

이제 남은 문제는 「볼프 황자와 제국의 침략을 어떻게 하는가?」이지만, 그건 이제부터 생각하면 될 것이다.

"남은 건 기사의 「무」봉납…… 이대로 시드 경이 천기사가 되어 주는 게 가장 좋지만……."

그렇게 중얼거리며 이자벨라가 제단에 바쳐진 공물에서 눈을 떼려고 한…… 그때였다.

스륵—.

제단 위에 나열된 공물의 광경이 아주 짧은 한순간 시야 끄트머리에서 흐려졌다.

평범한 사람이라면 착각이라 여기고 신경 쓰지 않을 아주 작은 위화감이었지만.

"—읏?!"

이자벨라의 감각은 그것을 민감하게 알아차려서 제단을 돌아보게 했다.

"왜, 왜 그러세요?! 이자벨라 님."

"······."

깜짝 놀라는 리베라 앞에서 이자벨라는 말없이 제단으로 다가갔다.

그리고 빛의 요정신에게 바쳐진 공물들을 보았다.

딱히 이상한 것은 없었다. 옛 예식에 맞춰 정해진 공물이, 정해진 배치를 지키고 있었다. 몇 번이나 확인한 대로였다.

하지만.

도저히 위화감을 지울 수 없었던 이자벨라는 제단을 향해 나직이 마법의 언령을 외웠다.

그러자—.

"이, 이럴 수가······?! 이건······?!"

————.

시드가 일으킨 충격이 투기장을 압도적으로 지배하고 있었다.

캘바니아 왕국 최고급이라고 불리는 요정기사 100여 명이, 검조차 뽑지 않고 맨손인 시드에게 너무나도 허무하게 일방적으로 당했다.

모두가 숨을 삼키고서 중앙 필드에서 대치 중인 시드와 백기사를 지켜보고 있었다.

이길 수 있다. 이긴다.

백기사가 어떤 자이든 시드가 질 리 없다.

그가 바로 전설 시대 최강의 기사니까.

그런 기대와 희망이 담긴 시선이 시드에게 압도적으로 모였다.

"······."

"······."

한편, 대치 중인 시드와 백기사는 말이 없었다.

그저 말없이 서로의 모습을 살피고 있었다.

이윽고.

"왜 그래? 백기사. 안 덤빌 거야?"

그 침묵의 대치를 깨듯 시드가 여유롭게 물었다.

"관객들은 우리의 싸움을 고대하고 있어. 안 덤빌 거면 내 쪽에서 가고."

그렇게 도발하듯, 어딘가 즐거운 기색으로 시드가 말하자.

"시드 블리체."

이제껏 고집스럽게 침묵을 유지하던 백기사가 마침내 침묵을 깼다.

정체를 숨기는 위장 마법은 여전히 건재하여 그 목소리는 여자인지 남자인지도 판별할 수 없는 이상한 음색이었다.

"왜 불러?"

"너는 섬길 주인을 잘못 골랐어. 네게는…… 더 어울리는 주인이 있어."

그런 백기사의 말을 듣고 시드가 작게 고개를 갸웃했다.

"뭐야? 설마 볼프 도련님으로 갈아타라고?"

"그딴 멍청이는 어찌 되든 좋아."

"그럼 무슨 말인데?"

볼프를 섬기고 있을 텐데 볼프를 폄하한다.

그런 백기사의 입장을 이해하지 못하는 시드에게.

스릉.

"……."

백기사가 말없이 검을 뽑아서…… 겨눴다.

"……!"

그 순간, 두 사람 사이의 공기가 변했다.

무겁고, 차갑고, 날카롭게 대기가 떨었다.

"……호오……?"

그것을 보고서 시드가 천천히 자세를 깊게 낮췄고…….

……다음 순간.

백기사의 모습이 사라지며 한 줄기 질풍이 되었다.

흐릿하게 사라지는 순간적인 발놀림으로 시드에게 똑바

로 돌진. 공기의 벽을 꿰뚫어 일어나는 충격파로 주위의 지면을 요란하게 깎아 내며 육박했다.

찰나— 충격음.

성대하게 울리는 금속음.

명멸하는 불꽃이 세계를 새하얗게 물들이며 관객들의 눈을 태웠고—.

좌아아아악—!

코앞에서 시드와 맞붙은 백기사가 그대로 10여 미터 정도 시드를 밀어냈다.

시드의 신발 밑창이 지면에 선을 두 개 그었다. 성대하게 흙먼지가 피어올랐다.

마침내 두 사람의 움직임이 멈추고, 불꽃에 멀었던 관객들의 시력이 돌아오자.

그곳에는—.

"아주 정열적인 검이네."

"……!"

흑요철검을 역수로 뽑아 백기사의 검을 막은 시드의 모습이 있었다.

지척에서 검을 맞대고 서로를 노려보는 두 기사의 모습에 관객들이 들끓었다.

　"스, 스승님이 검을 뽑았어요! 아뇨, **뽑아야 했어요!** 즉, 그 정도 상대라는 거예요!"
　"저 녀석, 진짜로 전설 시대급 기사였나……?!"
　"정말로 정체가 뭐야……?"

　텐코가 주먹을 움켜쥐고서 일어났고, 크리스토퍼가 경악했다.
　100여 명의 요정기사를 한꺼번에 상대하면서도 검을 뽑지 않았던 시드가 첫 공격부터 검을 뽑았다…… 그건 이 싸움의 행방을 전혀 알 수 없다는 뜻이었다.
　관객들은 맞붙은 시드와 백기사를 응시하며 마른침을 삼켰다.
　그리고—.

　"흡—!"
　백기사가 움직였다.
　기백과 함께 시드를 튕겨 내고 거리를 벌렸다.
　그리고 즉각 잔상과 함께 파고들어— 하단에서 섬광처럼 베어 올렸다.

충격음.

시드가 검을 역수로 휘둘러 그 공격을 막자 백기사는 양쪽 발을 날카롭게 뒤바꿔 회전, 반대쪽에서 유성처럼 검을 내리쳤다.

충격음. 충격음. 충격음.

시드가 물러나며 백기사의 검을 쳐 내고, 막고, 흘려 넘겼다.

숨 쉴 새도 주지 않는 노도와 같은 맹공, 그 찰나에 백기사의 모습이 좌우로 흩어졌다.

순식간에 시드의 오른쪽으로 돌아든 백기사의 예리한 참격이.

검을 쥔 시드의 오른쪽 손목을 노렸다.

시드는 칼날을 휙 돌려서 칼코등이로 막았다. 금속음과 불꽃.

백기사는 그대로 힘을 줘서 시드의 검을 제압하고 베어 올리려고 했지만—.

휙!

시드가 검을 놓고 회전하며 몸을 웅크렸다.

날카롭게 쳐 올라간 백기사의 검은 시드의 머리 위 허공을 벴고.

척!

낙하하는 검을 왼손으로 잡은 시드는 그대로 회전의 기

세를 이용하여 백기사의 발밑을 무시무시하게 그었다.

휘오오. 그 검압에 공기를 가르는 폭풍이 일어났지만—.

"—웃?!"

당연히 그에 반응한 백기사가 도약하여 시드의 참격을 피했다.

그대로 공중에서 앞구르기를 하며— 착지.

다시 시드와 십여 미터 정도 거리가 생겼다.

그러나.

"……!"

백기사의 발밑에는 이미 번개의 선이 그어져 있었고—.

낙뢰 소리와 함께 섬광이 된 시드가 백기사를 향해 돌격해 왔다.

시드의 특기인【신뢰각】.

그 번개 같은 속도의 돌격과 참격을—.

"……윽!"

백기사는 눈앞에 순식간에 마나 장벽을 전개하여 완전히 막았다.

한층 강한 충격음이 터지고, 무시무시한 검압이 두 사람 주위를 소용돌이쳤다.

마나와 마나가 처절하게 맞부딪치고 함께 터졌다.

그 풍압은 관객석까지 도달하여 관객들을 전율시켰다.

"……제법이네."

견고한 장벽에 검을 댄 채로 시드가 감탄했다.

"……"

이에 백기사는 침묵.

그저 말없이 장벽 너머로 시드를 노려보았다.

이윽고 시드가 뒤로 뛰자 백기사가 장벽을 풀었다.

시간만 보면 고작 몇 초 동안의 공방.

그러나 무섭도록 수준이 높고 농밀한 공방이었다.

이때만큼은 모두가 파벌을 잊고서 시드와 백기사의 싸움을 눈도 깜박이지 못한 채 바라볼 수밖에 없었다.

3대 공작에 의해 그 의의가 더럽혀진 천기사 결정전이지만…… 얄궂게도 이국의 기사와 본래 이 시대에 없을 터인 기사에 의해 이때 처음으로 의의를 되찾은 것이다.

그리고.

그렇게 두 최강 기사가 서로를 노려보는 가운데.

시드는 뭔가를 깨달은 듯 백기사를 보더니…… 말했다.

백기사에게만 들릴 작은 목소리로 말했다.

"그랬군. 네 정체를 알았어."

"……!"

"**그렇지** 않을까 싶긴 했지만…… 지금 확신했어. 나는 너를 알고 있어. 우리는 예전에 싸운 적이 있어."

백기사는 일순 의표를 찔린 것처럼 굳었으나 즉각 깔보듯 대꾸했다.

"허풍이군."

"그럴까?"

시드가 씩 웃더니 다시 흑요철검을 역수로 잡고 자세를 깊이 낮췄다.

"그럼 다음 1합으로 「답」을 맞춰 보기로 할까."

"……읏!"

시드의 공격 의사를 알아차리고 백기사도 검을 들었다. 이번에는 대상단^{폼탁}이었다.

"……."

"……."

그대로 두 기사 사이에 정적이 흘렀다.

피아의 거리는 약 10미터.

슬금슬금. 밀리미터 단위로 서로 간격을 조절하며.

서로 선수를 치기 위한, 혼을 깎는 듯한 눈싸움이 이어졌다.

그것을 지켜보는 관객들이 침을 꼴깍 삼켰다.

이윽고.

무한한 시간이 흐른 듯한 착각 끝에.

두 사람의 모습이 불현듯─ **사라졌다.**

챙가아아아아아아아아아아아앙―!

성대하게 울리는 충격음. 세계를 불사르는 불꽃의 포효.

두 섬광이 순식간에 교차함과 동시에― 10미터 거리를 두고 대치했던 시드와 백기사의 위치가 **그대로 고스란히 뒤바뀌었다.**

둘 다 검을 휘두른 모습으로 등을 마주한 채 서 있었다. 잔심 상태에 들어가 있었다.

관객들은 숨 쉬는 것조차 잊고서 두 사람을 응시했다.

이윽고―.

팟! 시드의 흉부가 대각선으로 얕게 베이며 피가 튀었다.

하지만 시드는 그런 상처 따위 아랑곳하지 않고 대담하게 씩 웃으며 말했다.

"「답」을 맞춰 볼 시간이야."

다음 순간.

쩌적…… 백기사의 풀페이스 투구에 세로로 금이 갔고.

둘로 쪼개진 투구는 중력에 따라 그대로 땅에 떨어졌다.

촤르르!

찰나, 지금까지 투구 속에 있던 긴 은발이 흘러내리듯 퍼졌다.

그걸 돌아보지도 않고 시드는 등을 보인 채 확신하며 선언했다.

"너의 정체는…… **엔데아**야."

"웃~~!"

까드득. 백기사가 분한 듯 이를 갈았다.

그랬다. 시드가 지적한 대로 그 얼굴은—.

"분하지만 정답이야. 시드 블리체."

—북쪽 마국의 맹주이자 앨빈과 똑같이 생긴 의문의 소녀, 엔데아였다.

"에, 엔데아……?!"

"어, 어째서 저 사람이 이런 곳에……?!"

앨빈과 텐코 등 엔데아를 아는 일부가 경악했다.

당연히 관객들도 동요와 곤혹을 감추지 못했다.

"서, 설마…… 백기사의 정체가 저런 소녀였을 줄이야……."

"게다가…… 뭔가 저 소녀…… 앨빈 왕자와 닮지 않았어……?"

"대, 대체 어떻게 된 거지……?"

그렇게 관객들이 술렁거리든 말든.

한동안 침묵한 후, 백기사— 엔데아는 시드를 돌아보고 물었다.

"어떻게 알았어?"

"……."

"플로라가 걸어 준 위장 마법은 완벽했어. 지금 내 마나의 색은 누구도 알 수 없을 터. 그런데 어떻게……?"

"검 쓰는 걸 보고 알았어."

시드도 몸을 돌리며 간단히 대답했다.

"나는 한번 싸워 본 상대의 검 솜씨는 절대 잊지 않아."

"기막힌 사람이네. 규격을 한참 벗어났어."

엔데아가 콧방귀를 뀌고서 투덜거렸다.

"그런데…… 한동안 못 본 사이에 실력이 크게 늘었잖아. ……아니, 좀 다른가?"

시드는 엔데아의 모습을 영적인 시각으로 자세히 관찰했다.

위장 마법이 걸려 있던 투구가 쪼개진 탓인지 아까와 비교하면 엔데아의 마나가 훨씬 잘 느껴졌다.

그래도 여전히 매우 알기 어렵지만, 딱 하나 알 수 있는 것은.

"마치 너란 존재가 다른 이질적인 무언가로 바뀌고 있는 듯한…… 그런 느낌이야. 엔데아…… 그 힘은 대체 뭐지?"

시드의 여전히 애매한 전설 시대의 기억에 뭔가가 걸렸다.

지금 엔데아가 풍기는 힘과 분위기.

그것을 시드는 전실 시대에 느낀 적이 있었다. 대치한 적이 있었다.

그건 대체 무엇이었나……?

"엔데아. 너는…… 너희 암흑교단은 대체 뭘 꾸미고 있지?"

"그건 너랑 상관없어, 시드 블리체."

엔데아는 시드의 물음을 일축했다.

"그보다도…… 내 목적은 너야. 나는 널 보러 온 거야."

"……?"

"이렇게 빨리 정체를 들킬 줄은 몰랐지만, 뭐, 좋아. 나는 널 보려고 저딴 멍청한 남자의 신하로 위장하는 굴욕을 견딘 거야. 영광으로 생각해."

"호오? 나를? 딱히 상관없지만, 대체 무슨 일로? 요전번의 설욕전 때문도 아닌 것 같은데."

시드가 작게 고개를 갸웃하고 있으니.

"내 신하가 되도록 해, 《섬광의 기사》 시드 경.^{써 시드 더 블리체}"

엔데아의 말이 너무 의외여서 시드도 눈을 살짝 깜빡였다.

그런 시드에게 엔데아가 계속해서 말했다.

"당신은 섬길 왕을 잘못 골랐어. 앨빈 따위에게 당신 같은 기사는 아까워. 나를 섬겨. 나야말로 당신에게 어울리는 왕이야."

그런 엔데아의 말을 듣고 한동안 침묵하다가.

"엔데아. 미안하지만 내 이번 생의 주군은……."

시드가 눈을 가늘게 뜨며 엔데아를 부드럽게 거절하려고

한…… 그때였다.

"제발."

오만하고 고약한 태도의 그 엔데아가 시드에게 간청하는
듯한, 매달리는 듯한 목소리로 말했다.

"……엔데아?"

"앨빈 따위 섬기지 마……. 앨빈 따위 보지 마……!"

점차.

점차 엔데아의 감정이 고양되었다.

"앨빈 따위 버리고 나를 섬겨! 나를 봐! 나만 봐 줘!"

"……."

"예전에 내가 저지른 일에 화가 났다면 사과할게. 반성
도 할게! 앨빈과 한 계약이 문제라면 플로라가 어떻게든
해 줄 거야! 앨빈의 마나가 아니라 내 마나로 사는 거야!"

"……."

"만약 앨빈을 버리고 나를 섬겨 준다면…… 나는 당신에게
내 모든 것을 바쳐도 좋아! 당신이 바라는 일이라면 나는 뭐
든 할 거야! 그러니까 부탁할게! 시드 경……! 제발……! 응?!"

필사적으로 간청하는 엔데아를 시드는 말없이 바라보았다.

아무래도 거짓말이나 농담을 하는 건 아닌 듯했다. 진심
이었다.

이유는 모르겠지만…… 엔데아는 진심으로 시드를 원하고 있었다.

"……."

엔데아. 앨빈과 똑같이 생겼으며, 오푸스 암흑교단의 대마녀 플로라가 주인으로 떠받드는 의문의 소녀.

왜 엔데아가 앨빈에게 격렬한 증오심과 대항심을 품었고 이렇게 자신에게 집착하는지 시드는 알 수 없었다.

「당신은 《섬광의 기사》인데 어째서 나는 안 도와주는 거야?」

예전에 엔데아가 했던 말이 되살아났다.

시드는 마침내 그 말의 진짜 뜻을 깨달았다.

아마도 그건 엔데아가 무의식중에 보낸 메시지였을 것이다.

즉…….

시드는 눈을 감고서 심호흡하고.

이윽고 눈을 떠 똑바로 엔데아를 바라보았다.

그리고 말했다.

"미안하지만…… 내 이번 생의 주군은 앨빈뿐이야. 너를 섬길 수는 없어."

"……?!"

그 순간, 마치 세상의 끝을 목격한 듯한 표정을 짓는 엔데아에게 시드는 계속해서 말하려고 했다.

"하지만 나는……."

「한 명의 기사로서 너를 구하겠다」.

시드가 그렇게 말을 이으려고 한…… 그때였다.

"우후후…… 아하하하……."

갑자기 엔데아가 웃기 시작했다.

치명적으로 무언가가 끝나 버린 듯한…… 그런 망가진 웃음이었다.

"아하하하하……! 아하하하—!"

"엔데아?"

"아아, 뭐야! 그런 거구나! 역시 내가 아니라 앨빈을 택하는 거구나!"

엔데아가 눈물을 글썽거리며 화난 모습으로 소리쳐 댔다.

"왜?! 어째서?! 나랑 그 아이는 똑같을 텐데! 그런데 왜 항상 앨빈만 전부 손에 넣고 나는 아무것도 못 가지는 거야?! 왜 앨빈은 선택받고 나는 선택받지 못하는 거야?! 이제 됐어! 이제 됐다고! 이제!"

콰앙!

그 순간, 엔데아가 입고 있던 하얀 갑옷이 성대한 소리를 내며 부서져 터지고 그 파편이 사방으로 흩어졌다.

그러자 그 몸에서 어두운 마나가 화산이 분화하듯 뿜어져 나와…… 그 등에 검은 마나로 형성된 날개가 무시무시한 기세로 펼쳐졌다.

그리고 맹독처럼 공간에 전파된 검은 마나가 투기장에 쳐져 있던 【불살 결계】를 순식간에 침식하여 간단히 깨뜨려 버렸다.

무슨 일이 벌어지고 있는지 이해하지 못하고 어안이 벙벙해진 일동 앞에서 엔데아는 늘 입던 검은색 고딕 드레스 자락을 펄럭이며 허공에 손을 들었다.

그렇게 어둠이 서린 허공에 손을 넣어 요정검을 꺼냈다.

검정 요정검 《황혼》.

엔데아가 가진 세계 최강의 검정 요정검을.

"내 것이 되지 않는다면 죽을 수밖에 없어……! 《야만인》!"

분노했으나 어딘가 슬픈 표정으로 엔데아는 시드에게 칼끝을 겨눴다.

"속행이야! 앨빈에게 당신은 절대 안 줘……! 그러니 적어도 내 손으로 죽여 주겠어……! 나의 겨울에 안겨서 죽어 버려……!"

그 순간, 엔데아의 특기인 어둠의 냉기가 마치 겨울 폭풍처럼 일어나— 투기장의 기온을 단숨에 영하로 내렸다.

얼떨떨하게 지켜보던 관객 모두가 엄청난 추위에 떨었다.

엔데아는 격렬한 살기와 압도적인 검정 마나를 온몸에서 폭발적으로 발산했다.

이렇게 완전히 위장 마법이 풀리니 알 수 있었다.

지금 여기 있는 엔데아는…… 뭔가가 다르다.

뭔가가 치명적으로 이전과 달라져 버렸다.

엔데아라는 존재가 다른 무언가로 바뀌고 있었다.

이대로 두면…… **되돌릴 수 없다.**

"……덤벼."

시드는 조용히 흑요철검을 들었고.

"아아아아아아아아아아아아아아아아아아아아아아—!"

엔데아가 전신에서 장절한 어둠을 흘리며 시드에게 돌진을 개시했다.

―――.

차원이 다른 싸움이 펼쳐지고 있었다.

어둠의 냉기를 넘치도록 검에 담은 엔데아와 번개를 검에 담은 시드가 정면으로 처절하게 맞부딪치고 있었다.

엔데아가 검을 휘두를 때마다 어두운 냉기가 일어나 공기가 얼어붙고, 눈이 휘몰아치고, 얼음이 지면을 덮었다.

이에 시드가 고속으로 검을 맞댈 때마다 번개가 터지고,

명멸하는 빛이 투기장을 침식하는 어둠을 간신히 몰아내 정화했다.

서로가 검을 휘두르고, 치켜들고, 쳐 내고, 되받아치고, 맞받아치고, 찔렀다.

전장을 종횡무진 달리며 검을 계속 휘둘렀다.

격돌. 격돌. 격돌.

칼날과 칼날이 맞부딪치는 충격음이 간헐적으로 울려 퍼 졌다.

"아아아아아아아아아아아아아아아—!"

"……엔데아……!"

그건 마치 빛과 어둠의 싸움 같았다. 지옥의 전투 공간 이었다.

떼쓰는 어린아이처럼 퍼붓는 엔데아의 공격에 시드는 담 담히 대처했다.

한편—.

"볼프 황자……!"

앨빈은 귀빈석에서 볼프에게 따지고 있었다.

"저게 대체 어떻게 된 거지?! 왜 그대가 저 아이를 부하 기사로 두고 있는 거야……?!"

"무, 무슨…… 소리야……?"

볼프가 눈을 돌리려고 했지만 앨빈이 멱살을 잡아 되돌

옛 원칙의 마법기사 4
©Taro Hitsuji, Asagi Tohsaka 2022
KADOKAWA CORPORATION
[NOT FOR SALE]

렸다.

"시치미 떼지 마! 지금 저 아이가 휘두르고 있는 검을 보라고! 누가 봐도 명백한 검정 요정검! 피해야 할 어둠의 힘이야……! 당연하지! 저 아이의 이름은 엔데아! 북쪽 마국의 맹주니까!"

"……?!"

"그대는 북쪽 마국에 대항한다고 하지 않았나?! 그런 그대에게 왜 엔데아가 가담하고 있는 거지?! 설마 나를 속였나?!"

"아, 알 게 뭐야……!"

볼프가 앨빈에게 고함쳐 대꾸했다.

"백기사가 저런 여자였다는 건 나도 몰랐어! 애초에 나는 백기사의 얼굴조차 몰랐으니까……!"

"뭐…… 뭐라고?! 그런 말도 안 되는 얘기가—."

"백기사에 관해서는 저 녀석을 내 신하로 추천한 녀석한테 들어! 나는 정말 아무것도 몰라!"

"그게 대체 누구지……?!"

"저번에도 말했을 텐데? 내게 인공 요정검 제조 기술을 준 마법사야……. 백기사에 관해서는 **그 여자**가 제일 잘 알아……!"

"마법사? 그 여자……?"

앨빈의 머릿속에서 순식간에 연결되는 것이 있었다.

"플로라……!"

정황상 오푸스 암흑교단의 대마녀 플로라가 볼프의 배후에 있는 게 틀림없었다.

그건 즉, 무시무시한 사태를 의미했다.

왕국의 숨통— 서쪽 랑그리사 성채를 점령 중인 제국의 임페리얼 기사단은 전원 인공 요정검으로 무장했다고 한다.

플로라가 만든 무색 인공 요정검으로.

그 빈틈없는 플로라가 북쪽 마국이 불리해질 만한 일을 할 리가 없다. 마국을 위협할 힘을 드래그니르 제국에 공짜로 줄 리가 없다.

너무나도 불길한 예감이 들었다.

이대로 가면 왕국은 물론이고 이 대륙 제일의 대국인 드래그니르 제국에서도 무서운 일이 벌어진다. —그런 맹렬한 확신이 들었다.

"볼프 황자! 랑그리사 성채를 점령한 제국군에게 지금 당장 그대의 이름으로 전령 요정을 날려. ……인공 요정검을 버리고 본국으로 귀환하라고 해!"

"뭐?!"

"그리고 그대도 당장 그 인공 요정검을 버려! 안 그러면 분명 돌이킬 수 없는 일이 벌어질 거야!"

"앨빈 왕자! 무슨 헛소리를 하는 거야?!"

그 순간, 볼프가 격앙했다.

"겁먹었나?! 아무리 제 나라가 아깝다지만, 이제 와서 그런 말이 통할 리가 없잖아!"

"그런 소리를 할 때가 아니야! 그대는 아무것도 몰라! 플로라라는 마녀의 악랄함과 어둠을! 플로라가 만들었다면 인공 요정검은 위험해! 사람이 건드려선 안 되는 물건이야!"

"에잇, 닥쳐. 닥쳐, 앨빈!"

어쩔 줄 모르고 허둥거리는 3대 공작 앞에서 볼프가 앨빈의 멱살을 잡고 으르렁거렸다.

"아아, 그런 거군! 내 백기사의 힘에 겁을 먹은 거야. 너의 자랑인 시드 블리체가 질지도 모른다는 생각이 들기 시작한 거야."

"아니야! 그렇지 않아! 애초에 엔데아는 그대의 기사가—."

"내 기사야!!!"

현실을 전혀 인정하지 않고 볼프가 그렇게 잘라 말했다.

"엔데아 따위 몰라! 저 녀석은 백기사야! 내 기사야! 내 패도를 닦는 세계 최강의 기사라고! 이 천기사 결정전을 제패하여 내게 이 나라와 너를 안겨 줄 충신이야! 여자가 나한테 이래라저래라 하지 마아아아아아—!"

그렇게 외치고서.

볼프가 허리에 찬 인공 요정검을 잡고 앨빈을 노려보았다.

"아직도 그 소리인가……."

글렀다.

어떻게 된 건지 모르겠지만, 볼프는 이미 제정신이 아니다.

아니, 어쩌면…… **처음부터 제정신이 아니었을지도 모른다.**

아무튼 앨빈은 일각을 다투는 상황이라고 직감했다.

1분 1초라도 빨리 제국군이 인공 요정검을 버리게 하지 않으면 돌이킬 수 없는 사태가 벌어질 거라고 확신했다.

하지만 제국군에 명령을 내릴 볼프가 이런 상태여서야 어쩔 방도가 없었다.

'나는 대체 어쩌면 좋지……?!'

이자벨라는 없다.

절대로 **빼먹을** 수 없는 중요한 의식이 있다고 해서 오늘 하루는 앨빈 곁에 없었다.

배신자인 3대 공작이 도움이 안 될 것은 **뻔했고**, 단순한 무력으로는 블리체 학급이 떼로 덤벼도 인공 요정검으로 무장한 볼프에게 미치지 못한다.

'어떻게 해야…….'

앨빈은 중앙 필드에서 싸우는 시드를 간절하게 보았다.

엔데아의 맹공은 무시무시했다.

무한히 샘솟는 어둠의 냉기가 시드를 집어삼키려 소용돌이치고, 휘몰아치고, 밀어닥쳤다.

그 냉기를 실은 무한한 공격이 시드에게 퍼부어졌다.

믿을 수 없게도, 아무리 좋게 봐도 시드가 열세였다.

검과 검이 맞부딪쳤을 뿐인데 어둠의 냉기가 검 너머로 전파되어 시드를 얼렸다.

몸이 점점 얼어붙는 시드의 움직임은 시시각각으로 둔해졌다.

저건 어쩔 방도가 없었다.

시드가 아무리 재빨라도, 튼튼해도, 전혀 상관없었다.

저 어둠의 냉기는 다가오는 모든 이에게 평등하게 죽음의 동결을 선사하는 무적의 힘이었다.

그런 엔데아의 공격은 멈출 줄을 몰랐고, 시드는 당장에라도 완전히 밀릴 것 같았다.

'엔데아…… 한동안 못 본 사이에 어떻게 저만한 힘을……? 아니, 애초에 너는 대체 정체가 뭐야……?'

수수께끼와 의문은 끝이 없었다.

그리고 그런 열세와 곤경에 처했으면서도 시드는 싸우고 있었다.

보통 사람이라면 진작 좌절하여 승부를 내던질 만한 암담한 상황에서도 시드는 앨빈에게 맹세한 기사의 도리를 다하려고 했다. 담담히.

그렇다면—.

'원래부터 내가 할 수 있는 일은…… 시드 경을…… 나의 기사를 믿는 것뿐이야!'

앨빈은 각오를 다졌다.

"볼프 황자. 진실로 숭고한 성왕 아르슬의 계보, 앨빈 노르 캘바니아의 이름으로 지금 새롭게 맹세하지. 만약 나의 시드 경이 진다면…… 나는 완전히 그대의 것이 되겠어. 몸과 마음을 다해 그대를 섬기겠어. 그대의 품에 안겨 그대의 색으로 물드는 한 명의 여인이 되겠어. 하지만 만약…… 시드 경이 이긴다면. 시드 경이 천기사가 된다면. 나를 한 명의 왕으로 인정하고, 제국이 보유한 모든 인공 요정검을 파기하는 거야. 알겠나?"

그런 앨빈의 말을 듣고.

"네 입으로 말했어."

볼프가 히죽 웃었다.

"지고 나서 역시 싫다고 하지 마."

"왕은 두말하지 않아."

"하하하하하하하하하하—! 좋아! 받아들이지!"

그렇게 볼프는 크게 웃었다.

그에게는 이런 바람직한 도박이 또 없었기 때문이다.

볼프의 백기사는 명백하게 시드를 압도하고 있었다. 당장에라도 시드를 제압할 기세였다.

새롭게 이 맹세의 약정을 맺기만 해도…… 앨빈— 아니, 알마 공주가 확실하게 자신의 것이 되는 거다.

볼프는 자신의 승리를 확신하고 외쳤다.

"자, 해치워! 백기사! 시드 블리체를 죽여어어어어어어—!"

한편 앨빈은 그저 똑바로 시드를 바라볼 뿐이었다.

"……시드 경……."

이리하여.

시드와 엔데아의 장절한 싸움은 계속되었다.

―――――.

―춥다.

투기장 안이 터무니없이 어둡고― 추웠다.

초봄의 낮인데도 마치 한겨울의 밤 같았다.

어디선가 내리는 눈이 회오리치는 바람과 만나 눈보라가 되어 윙윙거렸다.

공간에 서린 어둠이 빛을 집어삼켜서, 조명 역할을 하는 도깨비불 요정 없이는 필드의 모습을 전혀 알 수 없을 만큼 어두웠다.

관객석의 관객들은 하얀 숨을 토하며 머리와 몸에 쌓인 눈을 털고, 혼이 에일 정도의 추위에 덜덜 떨었다.

전부 엔데아가 검에서 무한하게 발생시키는 어둠의 냉기 탓이었다.

중앙 필드에서 멀리 떨어진 관객석에 있는 자들조차 이토록 추위에 떨고 있었다.

중앙 필드는 극한의 빙결 지옥^{코퀴토스}이었다.

"후우…… 후우……."

시드가 하얀 숨을 내뱉으며 역수로 검을 들고 엔데아와

대치하고 있었다.

"……."

한편 어두운 눈보라의 중심— 엔데아는 그런 시드를 지그시 바라보고 있었다.

두 사람은 한동안 서로를 노려보다가— 이윽고 사라지듯 움직였다.

순식간에 좁혀지는 피아의 간격.

교차하는 번개와 어둠.

충격음이 투기장을 진동시켰다.

투기장에 쌓인 눈이 하늘로 날아갔다.

눈과 얼음을 사방으로 날리며 시드와 엔데아가 무시무시한 속도와 위력으로 검을 수없이 맞부딪쳤고—.

이윽고.

"—윽?!"

시드가 엔데아의 검압에 날아가 두세 번 도약하여 후퇴했다.

"……큭."

그리고 무릎이 살짝 꺾이려는 것을 버티고 엔데아를 응시했다.

역시 완전히 시드가 열세였다.

싸우기 시작하고 시간이 경과할 수록 시드의 움직임은 둔해졌다.

그도 그럴 것이.

"안타깝게 됐어, 시드 경. 나의 이 어둠의 냉기는 그저 얼리기만 하는 게 아니야. 열과 함께 사람의 생명력 자체를 송두리째 뺏는⋯⋯ 그런 죽음의 겨울이야."

엔데아가 손으로 도신을 쓸며 입가를 일그러뜨리고 의기양양하게 말했다.

"경도 알 텐데? 장기전이 될수록 이 죽음의 겨울 속에서 싸우는 경의 생명력은 멋대로 사라져서 일방적으로 약해져 간다는 것을."

"그런 것 같네."

시드가 자신의 팔을 씁쓸하게 보았다.

살얼음이 잔뜩 끼어 얼어붙어 버린 팔을.

"내 몸에 흐르는 피가 이미 상당히 얼었어. 이래서야 완전히 못 움직이게 되는 건 시간문제야."

시드의 특기인 윌은 호흡과 혈류로 마나를 다듬는 기술이다.

즉, 이대로 피와 몸이 계속 얼면 윌도 점점 약해진다.

말하자면 엔데아의 검정 요정검은 윌 사용자의 천적─ 시드와는 상성이 최악이었다.

"말해 두는데, 그래도 당신은 충분히 괴물이야. 웬만한 요정기사는 이 어둠의 냉기에 직접 닿으면 즉시 온몸이 얼어붙어서 죽어."

"……."

"아무튼. 이전에는 아직 나의 「진정한 힘」을 제대로 다루지 못해서 졌지만…… 지금은 달라."

엔데아가 시드를 똑바로 노려보았다.

"지금 나는 「본래의 힘」을 상당한 수준으로 각성했어. 이전의 나와는 달라."

"……."

"당신이 졌어, 시드 경. 이미 이 공간은 내 죽음의 겨울이 완전히 지배했어. 아무리 당신이 대단한들 이제 이 상태에서는 어떻게도 뒤집을 수 없어."

"……."

그래도 말없이 검을 들고 엔데아를 응시하는 시드에게.

엔데아는 담담히 고했다.

"시드 경. 당신…… 죽을 거야. 죽어 버릴 거야."

"……."

"말해 두는데, 내 어둠의 냉기는 사실 이것보다 더 대단해. 몰랐어? 당신을 죽이기 싫어서 봐주고 있는 거야."

"……."

"마음만 먹으면 냉기의 위력은 올라가. 내게는 아직도 여력이 있어. 하지만 당신은…… 이제 여유가 없지. 안 그래?"

엔데아는 들고 있던 검을 내리고…… 시드를 바라보았다. 버려진 강아지 같은 눈으로 시드를 똑바로 바라보았다.

"마지막으로 한 번 더 말할게. 내 기사가 되어 줘, 시드……."

"……."

"앨빈 따위 버려. 내 곁에 있어 줘. 부탁이야. 이게…… 정말로 진짜 마지막이야."

그런 엔데아의 매달리는 듯한 소원에.

"미안. 그럴 순 없어."

시드는 고개를 저었다.

"몇 번이나 말했지만, 내 이번 생의 주군은 앨빈뿐이야."

"그래……."

축.

시드의 대답을 들은 엔데아가 고개를 떨궜다.

또르르. 뺨을 타고 흐른 눈물이 얼어붙어 얼음 조각이 되어 흩어졌다.

그렇게 어깨를 떨구고서 눈물 흘리는 엔데아에게 시드가 말했다.

"하지만 네가 나에게 어떤 구원을 바란다면…… 나는 기사로서 너를 구하겠다고 맹세하지. ……「기사는 진실만을 말한다」."

"……?!"

그러자 엔데아는 일순 눈을 크게 떴고.

이내 부들부들 떨며 화난 모습으로 시드를 노려보고서—
외쳤다.

"시끄러워…… 시끄러워, 시끄러워, 시끄러워……! 이제
와서 동정과 연민 따위 필요 없어……! 그런 마음에도 없
는 소리 하지 마……!"

"엔데아. 나는…….."

뭔가를 말하려는 시드를 막듯 엔데아가 시드에게 검을
겨누고 감정적으로 쏘아붙였다.

"이제 됐어! 어떻게 해도 당신은 내 것이 안 된다는 건
잘 알았어! 그렇다면 억지로라도 당신을 내 곁에 두겠어!
앨빈한테는 안 줘! 절대 못 줘……!"

떼쓰는 어린아이처럼 울부짖고서.

엔데아는 양손으로 검을 높이 들고— 외쳤다.

"그대는 널리 죽음을 관장하는 황혼의 어둠—!"
<small>유 어 듀스 콘스 트와라이트</small>

그 순간.

휘오오! 하고, 세계에 한층 더한 어둠의 냉기가 서렸다.

한없이 소용돌이치는 어둠과 함께 더 맹렬한 눈보라가
일어났다.

이전과는 차원이 다른 냉기였다.

이제까지의 추위가 마치 봄처럼 여겨질 만큼 세계의 열을 한층 빼앗아 기온이 내려가고, 내려가고, 내려가고, 내려가고내려가고내려가고내려가고내려가고내려가서―.

쩌적 소리를 내며 엔데아의 주위에 얼음 기둥이 자라났다.

필드가 농밀한 어둠과 눈과 얼음에 뒤덮여 갔다―.

"서, 설마…… 대기도?! 저건 엔데아의 대기도예요……!"

"진짜?! 여기서 쓰는 거야?!"

관객석에서 텐코와 학생들이 비명을 질렀다.

"수, 숨 막혀……! 설마 이쪽 공기까지 언 건가……?! 엄청난 힘이야……!"

루이제가 괴로워하며 몸부림쳤다.

엔데아의 그 비정상적인 힘에 관객 모두가 두려워하며 떨었다.

그러는 동안에도 엔데아의 힘과 냉기는 한없이 높아졌고―.

"그 차가운 검을 휘둘러 봄을 죽이고―."
_{콜 사브 슬레이스 키르킬 스프린}

천천히 한 구절씩. 이 세계 자체에 명령하듯이.

엔데아의 고대 요정어 기도문은 계속되었다.

고조되는 압도적인 냉기.

저 기도문을 완성시키면 안 된다고 모두가 혼으로 직감
했다.

하지만 이제 누구도 막을 수 없었다.

저 장절한 냉기에 다가가기만 해도 반드시 죽는다.

아마 시드의 번개도 저 냉기 앞에서는 얼어붙을 것이다.

그런 절망적인 광경 앞에서.

"……."

시드는 그저 가만히 엔데아를 지켜볼 뿐이었다.

그리고—.

"삼천 세계에 영원한 겨울을 펼칠 자라……!"
듀테 산자우데 윈타르테

마침내 엔데아의 기도문이 완성됨과 동시에.

엔데아를 중심으로 폭발적인 어둠의 한파가 퍼졌다.

어둠이, 어둠이, 온갖 생명을 얼리는 압도적인 어둠의
파동이.

이 세상의 모든 것을 남김없이 핥아 버릴 듯 퍼지고 침
식해 나갔다.

무시무시한 속도와 기세로 모든 것을 차갑게 뒤덮어 나
갔다.

그건 모든 공간에 걸친 전방위 공격이었다.

피할 수도, 막을 수도, 도망칠 수도 없었다.

발동한 순간, 승리 확정. 필중 필살의 죽음의 공간.

그것에 시드가 속수무책으로 잡아먹혔다.

"스, 스승니이이이이이이이이이이이이이이이이이이이임—!"

텐코의 비통한 외침이 투기장에 울려 퍼졌다.

————.

종장 왕의 자질

"이, 이게 대체 어떻게……?! 무슨 일이 벌어진 거죠……?!"

캘바니아성의 모처, 성령 강림제의 의식 공간에.

이자벨라의 아연실색한 외침이 울려 퍼졌다.

"이, 이게…… 무슨……? 이건 뭐죠……?"

리베라를 비롯하여 그곳에 모인 《호반의 여인》의 반인반요정들이 다들 새파래져서 중앙에 있는 제단을 주시하고 있었다.

그곳에는…… 고룡의 뿔, 인간의 두개골, 귀미인의 꼬리, 거인족의 눈알, 반인반요정의 생피 등등…… 보기만 해도 끔찍한 다양한 물건이 나열되어 있었다.

조금 전까지 제단에는 다른 물건이 놓여 있었는데 어느새 그것들로 뒤바뀌어 있었다.

인식을 조작하는 위장 마법— 심지어 이자벨라 수준의 마법사도 속이는 고도의 마법이 제단에 걸려 있었던 것이다.

즉, 이자벨라는 그런 끔찍한 물건을 촉매로 성령 강림제의 의식을 집행해 버렸다는 말이 된다…….

"이자벨라 님…… 왠지 이거 제물 같아요……. 그리고…… 뭔가…… 보기만 해도 속이 안 좋아져요……. 이, 이상해요,

이거…….”

리베라가 전전긍긍하며 제단 위에 나열된 끔찍한 제물을 보았다.

제물들이 놓인 제단에만 어둠이 내려앉은 것 같은…… 제물이 된 자의 고통과 원한이 들려오는 듯한…… 그런 기묘한 착각이 들었다.

직시하기만 해도 자연스럽게 등골이 오싹해졌다.

이자벨라는 영적인 감각으로 그 제물의 정체를 알아차렸다.

“이건…… 설마 ANTHE–TASITHE……?!”

“뭐…… 뭔가 아시는 건가요?! 이자벨라 님!”

리베라의 물음에 이자벨라가 진땀을 흘리며 고개를 끄덕였다.

“마법 의식에 사용하는 촉매를 정제하는 금단의 사술이에요. 같은 종류의 물건을 몇백, 몇천 번 합쳐 하나로 합성하여 제물로서의 영적 가치를 비약적으로 증폭시키는…… 그런 마법이에요.”

“네?! 그, 그럼 이건……?!”

리베라가 덜덜 떨며 제물이 나열된 제단에서 물러났다.

“네. 이것들은 모두 수없이 많은 희생으로 만들어진 것…… 절대 만지면 안 돼요. 저주가 너무 강해서 혼을 뺏길 거예요. 한시라도 빨리 저주를 풀어야 해요……!”

이자벨라도 긴장하고 동요한 기색으로 제단에서 한 걸음 물러났다.

"하지만 이 정도 영적 수준의 제물을 정제하다니…… 이 걸 준비한 자는 대체 얼마나 많은 살육과 희생을 쌓아 올린 건지……."

"애초에 왜 이런 게 제단에 있는 거죠?! 저, 저희는 분명 빛의 요정신님에게 늘 바치는 공물을 준비했을 텐데……!"

그런 리베라의 지적을 듣고 이자벨라가 정신을 차렸다.

"설마……."

그리고 바닥에 그려진 거대한 마법진에 달라붙어 그것을 조사했다.

그러자…….

"말도 안 돼……. 바뀌었어……."

이자벨라는 아연실색했다.

"교묘하게 위장했지만…… 어느새 마법진이 다른 것으로 바뀌어 있어요……!"

"네……?!"

"이래서는 빛의 요정신님에게 바치는 성령 강림제가 되지 않아요……! 이 성령 강림제가 봉납되는 곳은……!"

벌떡 일어난 이자벨라가 주위에 있는 반인반요정들에게 지시를 내렸다.

"전령 요정을 보내세요! 당장 천기사 결정전을 중지하라고「위쪽」에 전하세요!"

"네?!"

"어서! 이대로 있으면 돌이킬 수 없는 일이 벌어진다는……
그런 예감이 들어요!"

이자벨라의 지시를 받은 반인반요정들이 차례차례 전령
요정을 날렸다.

하지만 바로 그때.

의식의 방 곳곳에 갑자기 어둠이 서렸고…….

그 어둠 속에서 스며 나오듯 뭔가가 무수하게 나타났다.

온몸에 검은 넝마를 걸친 망령 검사— 유령기사였다.

그렇게 나타난 유령기사들은 생긴 것만 봐서는 상상이
안 되는 빠른 동작으로 움직였고—.

서걱! 서걱! 서걱!

「위쪽」으로 가려고 한 전령 요정을 닥치는 대로 전부 베
어 버렸다.

"아니?! 북쪽 마국의 저주받은 첨병이 어째서 이런 곳에?!"

덜덜 떠는 리베라.

난데없는 적의 출현에 대혼란에 빠지는 반인반요정들.

"큭! 눈치채는 게 늦었네요……!"

이를 간 이자벨라는 허리에서 지팡이를 뽑고, 어둠 속에
서 잇달아 끝없이 나타나는 유령기사들에게 그 지팡이 끝
을 겨눠 언령을 외우기 시작했다.

————.

—한편 그 무렵.

성령 어전 투기장에서는 엔데아의 대기도로 생겨난 「하얀 어둠」이 마침내 걷히고 있었다.

지옥의 한파가 지나가고 수그러졌다.

그 한파의 발생지.

중앙 필드의 한가운데에는—.

"……."

거대한 얼음덩어리 속에 갇힌 시드의 무참한 모습이 있었다.

어딜 어떻게 봐도 살아 있지 않았다.

사람이 저런 상태가 되어서 살 수 있을 리가 없었다.

"스, 스승님……?!"

"마, 맙소사…… 거짓말이에요……!"

블리체 학급의 학생들이 절망한 표정으로 외쳤다.

"말도 안 돼……. 시드 경이…… 졌다고……?"

루이제도 믿을 수 없다는 표정으로 아연해할 수밖에 없었다.

"이, 이봐…… 제국 측 기사가…… 이겨 버렸어……."

"즉, 우리는 제국의 산하로……?"

"아, 앞으로 어떻게 되는 거야……?"

민중도 불안과 혼란에 빠져 동요했다.

최후의 희망이 사라져 버렸음을 한탄할 수밖에 없었다.

"후하, 후하하하하하하하하하하하하하—! 이겼어! 이겼다고!"

볼프 황자가 환희하며 외쳤다.

"《야만인》? 전설 시대 최강의 기사? 웃기는군! 전혀 대단치 않잖아! 약속은 기억하고 있겠지? 앨빈! 너는 이제 내 거야……! 크크큭, 버릇을 고쳐 주지, 이 왈가닥 같으니……!"

그때— 그곳에 있는 모두가 시드의 패배를 확신했다.

블리체 학급의 학생들도, 관객들도, 기사들도, 3대 공작도, 볼프도.

모두가.

시드를 따르는 이들은 그 비참한 현실을 직시하지 못하고 눈을 돌렸다.

하지만—

"……."

앨빈은.

앨빈만큼은 그저 가만히 중앙 필드의 시드를 바라보고 있었다.

홀로 믿는 것처럼 바라보고 있었다.

'왜냐하면…… 시드 경은 내게 맹세해 줬으니까.'

그리고—.

"결국…… 이렇게 되어 버렸어……."

엔데아도 얼음 속에서 잠든 시드를 지그시 바라보고 있었다.

즉사다.

확인할 필요도 없다.

어둠의 냉기로 만든 이 영구 결정에 갇히면 누구도 살 수 없다.

순식간에 모든 생명력을 송두리째 빼앗겨서 빈 껍데기가 된다.

"지금의 나와 싸우면 이렇게 되리라는 걸…… 당신도 알고 있었을 텐데……."

엔데아는 얼음덩어리가 된 시드에게 터덜터덜 걸어갔다.

안타깝다는 듯, 서글픈 듯, 시드를 바라보며.

"생각해 보면…… 이야기 속 당신은 늘 그랬어. 당신은 자신의 주군과 지켜야 할 백성을 위해 끝까지 목숨 걸고 싸우는 사람이었어. 하지만 그렇게 당신이 지키는 자들 중에 나는 없어……. 왜냐하면 나는…….”

그리고.

엔데아는 얼음덩어리를 살며시 만졌다.

뺨을 갖다 댔다.

“하지만 괜찮아……. 이런 형태가 되어 버렸지만 당신은 내 거야. 영원히 변치 않을 얼음이 된 당신을 줄곧 내 옆에 둘게. 그래…… 앞으로는 쭉 함께…… 설령 이 세계가 멸망하더라도…….”

그렇게.

엔데아가 누구에게랄 것도 없이 혼자서 중얼거리던…… 그때였다.

두근.

갑자기 얼음 너머로 전해졌다.

뛸 리 없는 시드의 고동이.

“……어?”

퍼뜩 놀란 엔데아가 얼굴을 든 순간이었다.

와장차아아아아아아아아아아아아아아아앙!

별안간 얼음이 좌우로 쪼개지며 산산이 부서졌다.

"꺄아?!"

허둥지둥 뒤로 뛴 엔데아가 본 것은—.

"이봐, 멋대로 시합을 끝내지 마."

오른손을 휘두른 모습으로 웅크리고 있는 시드의 모습이었다.

"어, 어떻게?! 내 대기도를 맞고 살아 있을 리가 없는데?!"

"살아 있는 걸 어쩌겠어."

시드가 목을 움직여 뚜둑 소리를 내며 일어섰다.

"단순히 내 심장을 멈추기엔 아직 냉기가 부족했던 거지. ……그게 다야."

이제 보니 그렇게나 얼어붙어 있었던 시드의 몸이 완전히 원래대로 돌아와 있었다.

모조리 빼앗았을 터인 생명력이 온몸에서 넘쳐흐르고 있었다.

"거, 거짓말…… 어떻게……?"

그런 시드의 부활을 보고 엔데아는 그저 당혹스러워할 수밖에 없었다.

"뭐, 간단한 얘기야. 이 싸움은 처음부터 「인내심 대결」이었어."

"이, 인내심……?"

"그래."

시드가 좌우로 다리를 펴 스트레칭하며 내막을 밝혔다.

"네 어둠의 냉기의 특성은 확실히 성가셨어. 윌로 다듬은 마나를 모조리 얼리고 뺏어 가고. 게다가 어둠의 냉기를 항시 몸에 휘감고 있는 너는 공수 모두 완벽해. 윌을 주요 전술로 쓰는 내게는 유효타가 하나도 없었어. 나도 윌이 없으면 그저 잘 단련했을 뿐인 인간이니까."

"……?!"

"그럼 어쩔 것인가? 네가 힘을 다 써서 약해지길 기다리면 돼."

"아…….."

"그래서 나는 최소한의 윌로 심장만 사수했어. 다행히 내 피는 「성자의 피」. 어둠의 힘에 강한 내성이 있어. 하물며 심장은 신체에서 가장 많은 피가 모이는 곳이니까. 심장만 움직인다면 나는 윌을 문제없이 쓸 수 있어."

"뭐…… 으…… 그게 뭐야……. 그, 그런 거……."

상상을 아득히 뛰어넘어 규격을 벗어난 시드를 보고 몸서리친 엔데아가 한 걸음씩 물러났다.

그런 엔데아에게 시드가 조용히 물었다.

"자, 엔데아. 사용했지? 대기도를. 힘이 올랐다고는 하지만 대기도를…… 심지어 그렇게 진심으로 사용했다면 상당히 기운을 소모했을 거야."

"으…… 아……?!"

정곡을 찔렸는지 엔데아가 말을 잇지 못했다.

"네가 짜증을 부리지 않고 차근차근 나를 말려 죽였다면 네게도 30퍼센트 정도는 승산이 있었겠지. 하지만 이제 제로야."

"무, 무슨 소리야……! 이 세계를 어둠에 가둘 내가 질 리가 없잖아……!"

엔데아가 미워 죽겠다는 듯 시드를 노려보며 자신의 요정검을 들었다.

"몇 번이든…… 몇 번이든 얼려 주겠어어어어어어어어—!"

엔데아의 날카로운 포효와 함께.

재차 어둠의 냉기가 엔데아를 중심으로 소용돌이치기 시작했다.

하지만— 대기도를 사용한 직후의 이 타이밍.

냉기의 위력과 기세는— 이전과 비교해서 명백하게 둔했다.

"하!"

시드의 기백 넘치는 일갈이 엔데아가 일으킨 어둠의 냉기를 간단히 날려 버렸다.

"……아니……?!"

검을 든 채 아연해하는 엔데아 앞에서.

"끝이야, 엔데아."

고오오— 시드의 호흡이 순식간에 폭발적으로 윌을 태

왔다.

　두근거리며 한 번 크게 뛴 심장이 마그마처럼 뜨겁게 끓는 피를 온몸으로 보냈다.

　시드의 전신에서 한층 더 마나가 폭등했고—.

　—그 순간.

　슈팟! 땅을 달리는 한 줄기 번개.

　섬광이 된 시드가 그 번개선을 따라 신속히 달려갔고, 앞으로 내민 왼손으로 모든 어둠을 둘로 갈랐다.

　"아아아아아아아아아아아아아아아아아아—?!"

　반응조차 하지 못하고.

　엔데아는 달리는 섬광에 치여 속수무책으로 허공을 날았다.

　————.

　고요한 정적이 일대를 뒤덮고 있었다.

　힘없이 쓰러진 엔데아.

　그 건너편에서 몸을 앞으로 숙인 채 왼손을 휘두른 모습으로 잔심 상태에 들어가 있는 시드.

필드에 그어진 한 줄기 번개선만이 빛의 잔재를 파직파직 튀기고 있었다.

절체절명의 상황을 뒤집은 너무나도 근사한 역전극이었다.

최강의 기사란? 천기사란?

그것을 단적으로 나타낸 듯한, 한 폭의 그림 같은 그 광경을 보고.

""""""……."""""

한동안 누구도 말을 잇지 못했다.

무아지경으로 멍하니 그 광경을 보고 있었다.

하지만 이윽고.

시드가 천기사 자리를 따냈음을 이해하게 되자.

오, 오오—!

큰 환호성이 폭발적으로 터져 나왔다.

─────.

"마, 마, 맙소사……! 말도 안 돼……!"

볼프가 부들부들 떨었다.

"으, 아아아……."

"그, 그럴 수가……."

"거, 거짓말…… 거짓말이야……!"

3대 공작이 부들부들 떨었다.

"승부는 판가름 났어."

오직 앨빈만이 그렇게 냉정하게 단언했다.

"볼프 황자. 이로써 시드 경이 천기사야. 즉, 왕국의 기사가 제국의 기사보다 뛰어나다는 무엇보다 확실한 증좌지. 그렇다면 이제 왕끼리 맺은 약정을 지켜 줘야겠어."

"으, 끄으으으……?!"

"먼저 나를 왕으로 인정해. 그리고 인공 요정검을 전부 버리고, 랑그리사 성채에서 제국군을 물려. 알겠나?"

그건 서로 미리 정했던 계약의 이행이었다.

그렇게 앨빈이 볼프에게 지극히 당연한 요구를 하자.

"웃, 웃, 웃기지 마아아아아아아아아아아아아아아아—!"

갑자기 볼프가 떼를 쓰기 시작했다.

"이, 인정 못 해……. 이딴 결말은 인정하지 않아……! 왕국은 내 거야……! 너는 내 거라고! 앨빈!"

"구질구질해, 황자. 왕끼리 정한 맹세의 약정을 파기하려는 건가? 그런 짓을 하면 제국 황실의 권위가 실추되어 이 대륙 모든 나라의 웃음거리가 될 거야."

"애, 애초에 저 백기사는 뭔데?! 나, 나는 저딴 기사 몰라! 저 여자는 내 기사가 아니야! 그러니까 이 싸움은 무효야, 무효!"

"그런 말이 통할 리가 없잖아!"

"무, 무엇보다도! 너는 앞으로 어쩔 거지?! 내 비호 없이…… 제국의 힘 없이 헤쳐 나갈 수 있을 것 같아?! 여자인 네가?! 나의 제국과 북쪽 마국을 적으로 돌리고서…… 이 왕국을 끝까지 지킬 수 있다고 진심으로 생각하는 건가?!"

"전부 각오한 일이야."

앨빈의 그런 의연한 말에.

한없이 늠름하고 한없이 고상한 모습에.

그야말로 「왕」의 품격을 드러내는 그 모습에.

"으……아……! 아, 아니야……. 너는 그렇지 않아……. 그렇지 않다고……!"

그런 볼프를 무시하고서.

앨빈이…… 앞으로 나갔다.

테라스 앞에 서서 주위의 관객들— 왕도의 백성들을 향해 외쳤다.

『경청하라!』

테라스에 머무는 바람의 요정들이 앨빈의 목소리를 모든 관객의 귀에 전달했다.

그 순간, 시드의 승리에 들끓던 관객들이 조용해졌다.

그런 관객들을 응시하며 앨빈은 당당히 선언했다.

『지금 천기사가 결정됐다! 그 이름은 나의 필두 기사 시드 블리체! 전설 시대에서 되살아난 최강이자 최고의 기사 《섬광의 기사》 시드 경이다! 시드 경은 나의 왕명에 따라 왕국의 기사가 제국의 기사보다 뛰어남을 빛의 요정신 앞에서 완전하게 보여 줬다! 그리고 다들 아는 것처럼 그 승리로써 캘바니아 왕국은 드래그니르 제국의 지배를 물리치고 자유를 쟁취했다! 캘바니아 왕국은 드래그니르 제국에 굴복하지 않는다! 북쪽 마국에도 굴복하지 않는다! 우리는 앞으로도 영원토록 자유의 백성이다! 절대 대국의 노예나 가축이 되지 않는다! 지금 다시금 선언하겠노라! 내가 살아 있는 한, 나는 이 나라와 백성을 지킬 것이다! 위대한 성왕 아르슬의 계보— 앨빈 노르 캘바니아의 이름에 맹세코!』

그런 앨빈의 말을 듣고.

민중이 희망의 빛을 보는 눈으로 앨빈을 보기 시작했지만……

『속지 마라, 캘바니아의 민초들이여어어어어어어어어—!』

그런 커다란 음성이 민중의 열기에 찬물을 끼얹었었다.
볼프였다.
『잊었는가?! 앨빈은 남자가 아니다! 여자다!!!』
그런 볼프의 지적을 듣고 민중이 퍼뜩 정신을 차렸다.
『여자 왕이 북쪽 마국의 위협으로부터 너희를 지킬 수 있을 것 같나?! 나의 비호도…… 제국의 비호도 없이?! 나는 일부러 너희 왕국 백성을 구하러 왔다! 너희는 여자를 왕으로 추대하여 나의 호의를 걷어차려는 건가?! 앨빈 왕자— 아니, 알마 공주를 내게 시집보내서 드래그니르 제국의 비호를 받는 것이 너희에게 가장 좋은 일임을 왜 모르는 거지?!』

그러자.
즉각 민중의 마음에 불안의 그림자가 드리워지기 시작했다.

그런 민중의 불안을 부추기고 추격타를 가하듯이—.
『볼프 황자 전하의 말이 옳다! 앨빈 왕자는 남자가 아니다! 여자다!』
『알마 공주가 선왕 아르드를 대신할 수 있을 리가 없어요!』
『여자는 왕이 될 수 없습니다! 그게 원칙입니다! 우리는 원칙을 지켜야 합니다!』

3대 공작이 저마다 필사적으로 백성에게 호소했다.

자신들이 얼마나 올바른지.

볼프 황자와 드래그니르 제국이 얼마나 강한 존재이고, 지금의 캘바니아 왕국이 얼마나 연약한 존재인지.

준수해야 할 옛 원칙이 얼마나 중요한지.

볼프와 공작들은 관객석을 향해 필사적으로 호소했다.

듣고 보니 그랬지…… 하는 감정과 분위기가 백성들 사이로 흐르기 시작했다.

그랬다. 여자는 왕이 될 수 없다.

그것은 캘바니아 백성의 마음속에 무의식적으로 존재하는 고정 관념…… 상식이었다.

민중 사이로 곧장 망설임이 전파되었다.

여자인 앨빈을 이대로 자신들의 왕으로 떠받들어도 되는 걸까?

오히려…… 이대로 제국의 산하에 들어가는 편이 더 낫지 않을까?

원칙. 원칙. 원칙.

오래된 금기의 원칙이 민중의 열기를 점차 식혔다.

앨빈에게서 희망의 빛을 보았던 민중이 제정신을 차려 나갔다.

하지만—.

『옛 원칙이 그렇게 중요한가?!』

　재차 큰 음성이 그런 민중의 영혼을 때렸다.

　필드의 중앙에 서 있는 시드의 목소리였다.

　평소에는 온화하고 차분한 태도인 시드가 보기 드물게도 큰 목소리를 내고 있었다.

　그 목소리는— 한없이 또렷하게 울렸다.

『그게 대수인가?! 겁먹고 헤매는 자들이여! 떠올려라! 우리의 주군, 앨빈 노르 캘바니아는 이미 몇 번이나 증명했다! 거대한 용의 포학함으로부터 백성을 지키고자 솔선하여 검을 든 사람은 누구였는가?! 유일무이한 친구를 지키고자 어둠에 뛰어들며 검을 든 사람은 누구였는가?! 이 나라를 위협하는 방약무인한 악당, 어둠의 세력, 요마……그것들로부터 이 나라와 백성을 지키고자 매일 이곳저곳에서 싸운 사람은 대체 누구였는가?! 우리의 주군은 이미 몇 번이나 증명했다! 약자를 지키고자 하는 고결함과, 자신을 버리고 누군가를 위해 싸우려고 하는 의지를!』

　그런 시드의 말을 듣고.

　투기장에 모인 백성들의 머릿속에.

　투기장에 모인 캘바니아 왕립 요정기사 학교의 종기사들의 머릿속에.

　지금까지 늘 누군가를 위해 검을 들었던 앨빈의 모습이

선명하게 떠올랐다.

　그리고 본 적도 만난 적도 없는 성왕 아르슬의 모습이……　어째선지 앨빈과 겹쳐 보이는 착시가 일어났다.

　『그 숭고한 의지와 행동은! 강한 영혼은! 앨빈 왕자 전하가 어떤 사람이든 간에…… 설령 여자여도, 남자여도, 상관없을 터! 나는 그런 앨빈에게서 나의 옛 주군인 성왕 아르슬의 모습을 보았다! 그러니 지금 맹세하겠다! 왕국 최고의 기사인 「천기사」 시드 블리체! 내가 섬기는 것은 옥좌가 아니니! 앨빈 노르 캘바니아가 내거는 의지와 영혼에 영원토록 충성하노라!!!』

　그렇게 말하고.

　백성들이 보는 앞에서 시드가 앨빈을 향해 무릎 꿇었다.

　무릎 꿇으며 말했다.

　『다시금 묻겠다! 우리의 동포여! 캘바니아 왕국의 민초와 기사들이여! 그대들이 우러르며 섬기는 것은 무엇인가?! 곰팡이 핀 낡은 왕관과 옥좌인가?! 아니면— 미래를 개척하고자 검을 드는 왕의 빛나는 영혼인가?!』

　그런 시드의 말을 듣고.

　백성들은, 기사들은…….

　"앨빈 왕……."

맨 처음 그렇게 중얼거린 사람은 누구일까.

"앨빈 왕……."
"……오오…… 앨빈 왕……."

웅성웅성.
백성들이 마치 홀린 것처럼 앨빈을 바라보았고.
열에 들뜬 것처럼 앨빈을 「왕」이라고 부르기 시작하더니.
이윽고.

""""앨빈 왕, 만세에에에에에에에에에에에에에!""""

그 물결은 커다란 해일이 되어 백성들 사이에 소용돌이
쳤다.
　백성과 기사들의 그런 성원을 받으며.
　앨빈은 중앙 필드에서 자신을 향해 무릎 꿇은 시드를 온
화한 얼굴로 바라보았다.
　"당신이 내 기사라서…… 정말로 다행이야……."
　그런 앨빈의 중얼거림을 들었는지 못 들었는지.
　"……."
　시드는 무릎 꿇고 머리를 숙인 채 희미하게 미소 지었다.

─그렇게.

그 자리의 추세가 단숨에 결정된…… 그때였다.

스릉!

앨빈의 뒤에서 요정검을 뽑는 소리가 났다.

"인정 못 해……. 나는 인정하지 않아, 앨빈……!"

볼프가 인공 요정검을 앨빈에게 겨누고 있었다.

"볼프 황자. 실성했나?"

이에 앨빈은 특별히 동요하지 않고 천천히 뒤돌았다.

"크큭…… 후후후, 아하하하하……! 멍청하기는……. 사실 천기사 결정전 같은 건 어찌 되든 좋아……! 어찌 되든 좋다고……!"

앨빈의 코앞에 검을 들이대며 볼프가 웃었다.

"이봐! 너희! 뭣들 하고 있어?!"

그렇게 볼프가 일갈하자.

3대 공작도 허둥지둥 검을 뽑았다.

"젠장! 왜지. 왜 이렇게 된 거지……?!"

"인정 못 해……. 인정 못 해요……!"

"당신 같은 멍청이가 왕이라니…… 우리는 인정하지 않아……!"

이제 보니 그 손에 들려 있는 것은 요정검이 아니었다.

인공 요정검이었다.

아마 볼프 측에 붙었을 때 볼프에게 받은 물건일 것이다.

떨리는 손으로 그것을 앨빈에게 겨누고 있었다.

1 대 4인 상황.

심지어 상대는 모두 강대한 힘을 가진 인공 요정검이었다.

"크하, 크하하하하……! 어때? 형세 역전이야! 너도 알겠지! 천기사 결정전 따위와는 관계없이 처음부터 너에게 승산 같은 건 없었어……!"

"……."

"어쨌든 내게는 힘이 있으니까! 인공 요정검! 임페리얼 기사단! 내 부하가 된 3대 공작! 그리고 왕국의 숨통인 랑그리사 성채……! 이 상황에서 내가 순순히 검을 거둘 줄 알았나?! 멍청하기는!"

"……."

"여자인 네게 맞춰서 조금 여흥을 즐겨 줬을 뿐이야! 하지만 이제 여흥은 끝…… 이제부터는 진정한 왕의 힘을 보이는 싸움이다……! 하하하하하……! 멸망시켜 주마, 앨빈……. 네가 울며 빌 때까지 왕국을 짓밟아 주겠어……!"

그렇게 위험한 빛을 형형히 눈에 담은 볼프에게.

"……그만둬. 이미 귀공들은 졌어."

지금까지 묵묵히 듣고 있던 앨빈이 침통한 모습으로 고개를 저었다.

"귀공이 성의를 보인다면 왕으로서 그대를 정중히 대하지. 하지만 왕의 약정을 깨고 그러한 부조리함에 손을 대고자 한다면 나는 용서하지 않아."

"하! 센 척인가?! 허세인가?!"

"센 척도 아니고 허세도 아니야. 그저 사실이지. 그리고—."

앨빈은 볼프 뒤에 있는 공작들에게 말했다.

"귀공들의 배신은 유감이야. 하지만 선왕 대부터 이 나라에 이바지해 준 은혜를 나는 아직 잊지 않았어. 이제라도 내게 충성을 맹세한다면……."

"시, 시끄러워! 말은 그렇게 하고서 우리를 붙잡아 처형할 셈이겠지!"

"안 속아…… 속지 않아……!"

"당신 같은 자에게 이 나라는 넘기지 않아! 절대 안 넘겨! 이 나라는 우리 거야……!"

볼프도, 뒤란데 공도, 오르토르 공도, 앤서로 공도, 전혀 들으려 하지 않았다.

"그런가."

앨빈은 슬프게 눈을 내리깔고 한숨을 쉬었다.

그리고.

"앨빈……! 너는…… 내 거야아아아아아아아아아아아아아아아아아아아아아아아아아아아아아—!"

완전히 실성한 볼프가 앨빈을 향해 검을 치켜든—.

—그 순간.

낙뢰.

볼프가 든 검에 돌연 벼락이 떨어졌다.

"으아아아아아아아아아아아아아아아아아악—?!"

온몸을 감전당한 볼프가 날아가서 벽에 처박혔다.

앨빈은 그런 볼프를 흘낏 보고 가엾다는 듯 말했다.

"잊었나? 그대를 지키는 백기사는 쓰러졌어. 이제 이 나라에서 시드 경을 막을 수 있는 자는 없어. 볼프 황자……그대는 이제 그저 인질이고 포로에 불과해."

이제 보니.

"무사하십니까, 나의 왕."

앨빈을 지키듯 시드가 어느새 앞에 나타나 있었다.

"그래. 고생했다. 실로 훌륭한 무훈이었다. 수고했다."

그리고.

시드는 앨빈에게 검을 겨눈 3대 공작을 응시했다.

"자, 계속 할 거야? 너희의 연약한 힘으로 나의 주군에게 상처 하나라도 입힐 수 있을지…… 시험해 볼 건가?"

3대 공작은 고양이 앞의 쥐와 같은 꼴이었다.

새파랗게 질려서 그저 덜덜 떨 수밖에 없었다.

인공 요정검은 3대 공작에게 몸이 떨릴 만한 힘을 줬지만…… 그래도 시드에게 이기는 미래를 전혀 그릴 수 없었다.

그런 가운데.

"알마……! 너는, 내 거야……. 내 거……라고……!"

전신에 화상을 입은 볼프가 일어나 귀신 같은 형상으로 다시 검을 들었다.

시드가 허리 뒤쪽에 찬 검의 칼자루를 잡았다.

그런 시드를 제지한 앨빈이 슬픈 얼굴로 물었다.

"어째서."

결국 앨빈은 왜 볼프가 앨빈을 손에 넣는 것에 이토록 집착하는지…… 끝까지 이해할 수 없었다.

"닥쳐……. 여자인…… 너는……! 왕 따위, 되어선 안 돼……!"

"귀공이 뭐라고 하든…… 나는 왕으로 살 거야. 이제는 힘의 유무도, 선왕의 의지조차도 관계없어. 자신의 의지와 선택으로…… 그렇게 정했어."

"아니야! 나는…… 나ㄴㅇㅇㅇㅇㅇㅇㅇㅇㅇㅇㅇㅇㅇㅇㅇㅇ은ㅡ!"

볼프는 떼쓰는 아이처럼 소리쳐 댔다.

"《야만인》 시드 블리체……! 네놈…… 네놈 때문에에에에 에에에에에에에에에에에에에ㅡ!"

그리하여 볼프가 검을 대상단으로 들고.

그 인공 요정검의 힘을 시드에게 해방하려고 한— 그때였다.

　무시무시한 비명이 성령 어전 투기장 곳곳에서 터져 나왔다.

　"……무슨?!"
　앨빈은 굳었다.
　갑자기 대체 무슨 일이 일어난 것인지.
　인공 요정검을 손에 든 3대 공작이 아무런 전조도 없이 별안간 격렬하게 몸부림치며 고통스러워하기 시작했기 때문이다.
　"으아아아아아아아악—?! 이, 이건 뭐야?!"
　"흐, 흡수되고 있어……! 뭔가가 흡수되고 있어……!"
　"사, 살려 줘! 살려 줘어어어어어어어어어어어어어—!"
　앨빈이 보는 앞에서.
　3대 공작으로부터 인공 요정검으로 뭔가가 엄청난 기세로 흘러갔고…… 그 도신이 눈 깜짝할 사이에 새까맣게 물들었다.
　그리고 동시에 엄청난 속도로 3대 공작이 야위며 말라서— 완전히 미라가 되어 그 몸이 하얗게, 하얗게 변질되었고.
　이윽고 소금 덩어리가 되어…… 그 자리에 폭삭 무너졌다.

"끄아아아아아아아아아아아아아아아아아악—?!"

당연히 그 변화는 볼프도 예외가 아니었다.

볼프뿐만 아니라, 투기장 곳곳에 배치되어 있던 볼프 휘하의 기사들도 예외는 아니었다.

다들 차례차례 말라서 소금 덩어리가 되어 무너져 갔다.

시드는 영적인 시각으로 그 현상의 정체를 순식간에 간파했다.

'저 검에 생명력 자체를 흡수당하고 있어…….'

그렇기에 인공 요정검을 가진 자들 중에서 가장 생명력이 강한 볼프는 끝까지 남아 있었지만…… 몰라보게 바싹 말라서 이제 죽는 건 시간문제였다.

"보, 볼프 황자……!"

보다 못한 앨빈이 고통스러워하는 볼프에게 손을 내밀려고 했지만.

"안 돼, 앨빈. 만지지 마. 너도 흡수당해."

시드가 손으로 그것을 제지했다.

죽어 가는 볼프를 보고 있을 수밖에 없는 앨빈 앞에서.

"애, 앨……빈…… 나, 나는…… 그, 저…… 너, 에게……아…… 아…….."

파삭…… 파스스…….

머지않아 볼프는 역시 한 덩어리 소금이 되어 소멸해 버렸다.

"……."

앨빈은 내밀려 했던 손을 내리고 안타깝다는 듯 눈을 내리깔았다.

달그락.

새까맣게 물든 인공 요정검이 그 자리에 떨어졌다.

그건 흡사 검정 요정검 같았다.

그리고—.

갑자기 대체 무슨 일이냐며 관객들이 경악과 공포로 떠는 가운데.

인공 요정검들이 저절로 공중에 떠오르더니— 휘잉! 하고 하늘로 날아갔다.

그뿐만이 아니었다. 아득한 서쪽 저편에서도 검게 물든 무수한 인공 요정검이 마치 검은 유성군처럼 날아와 모여들었다.

'서쪽……? 분명 랑그리사 성채를 점거한 제국군…… 임페리얼 기사단은 **전원** 인공 요정검을 가지고 있다고 했는데…… 설마 저건……?!'

이를 갈며 하늘을 올려다보는 앨빈 앞에서 인공 요정검들이 규칙적으로 상공에 늘어서며 검은 원을 그려 나갔다.

그리고…….

"자, 때가 됐어요."

묘하게 또렷한 목소리가 투기장 내에 울려 퍼졌다.

이제 보니— 상공에 생긴 까만 원의 중심에 어느새 여성이 나타나 있었다.

플로라였다.

그리고 아까 헌병에게 잡혀서 끌려갔을 터인 엔데아가 시드에게 당해 엉망진창인 모습으로 플로라의 품에 안겨 늘어져 있었다.

"네, 때가 됐어요. 이 세계가 다시 어둠에 휩싸일 때가 된 거예요."

"플로라……! 그 말은…… 성공한 거구나?!"

"네, 전부 차질 없이. 지금까지 우리 오푸스 암흑교단이 비밀리에 추진했던 계획은 전부 완벽하게 결실을 맺었어요. 지금 당장 의식을 집행하기로 하죠."

플로라가 생긋 웃었고.

엔데아가 웃었다.

"아하! 아하하하하하하하! 아하하하하하하하하하하하하하! 앨빈! 아아, 증오스러운 앨빈! 마침내…… 마침내 너의 모든 것을 빼앗고 멸망시킬 때가 왔어! 오랜 세월 쌓인 이 원한을 풀 때가 온 거야!"

"엔데아……!"

"잘 들어! 똑똑히 봐! 나는 이제부터—「마왕」이 될 거야! 이 세계를 어둠에 가두고 이 세계에 영원한 정적과 겨울을 가져올 「마왕」이 되는 거야!"

"뭐라고……?! 마왕……?!"

마왕.

옛 전설 시대에 이 세계에 군림했던 북쪽 마국 다크네시아의 맹주다.

그 압도적인 어둠의 힘으로 이 세계에 생명이 살지 못할 영원한 겨울을 가져오려고 했던 세계의 적. 어둠의 요정신^{오푸스}에게 사랑받은 최강 최악의 암흑기사왕.

앨빈의 선조인 성왕 아르슬이 전 세계의 기사를 이끌고 맞서 싸워서 장절한 결전 끝에 수많은 기사를 잃고 간신히 마왕을 쓰러뜨렸다고…… 전설로 남아 있지만.

"엔데아…… 네가 그 「마왕의 후계자」인가……?!"

"그래, 맞아. 뭐야? 여태 몰랐어? 하아…… 그 정도는 어렴풋이 눈치채야지. 진짜 바보구나!"

엔데아가 비웃었다.

앨빈과 완전히 똑같이 생긴 얼굴로, 앨빈과 전혀 닮지 않은 웃음을 지었다.

오푸스 암흑교단이 북쪽 땅에 다시 마왕을 재림시키려 한다는 것은 알고 있었다.

그걸 위해 교단이 각지에서 여러 가지로 암약한 모양이

라는 것도 알고 있었다. 텐코의 천화월국을 멸망시킨 목적이 그것인 듯하다는 것도.

그리고 대체 어떤 수단과 마법을 사용했는지 모르겠지만, 이번에 마침내 마왕을 재림시킬 준비가 됐다는 것도…… 알 수 있었다.

하지만—.

「마왕의 후계자」라는 것이 왜 엔데아인지…… 그걸 알 수 없었다.

애초에 엔데아는 무엇인가?

성왕의 피를 이은 앨빈.

마왕의 후계자 엔데아.

상반된 속성을 가진 두 사람이 어째서 똑같이 생겼는가.

블리체 학급의 학생들도.

루이제를 비롯한 다른 학급 학생들도.

투기장에 모인 백성들도.

다들 그 기묘한 부합을 이해하지 못하고 동요와 곤혹에 떨었다.

단 한 사람—.

"……."

일찍이 《야만인》이라고 불리며 자신의 주군인 성왕 아르슬에게 주살당했다는 전설 시대의 기사— 시드를 제외하고.

시드는 뭔가를 깨달은 것처럼…… 뭔가를 떠올리고 만 것처럼…… 그저 엔데아를 조용히 응시하고 있었다.

그리고.

투기장에 있는 모든 이의 의문을 대변하듯이.

앨빈이 물음을 던졌다.

"엔데아…… 너는 대체…… 정체가 뭐야……?"

"흥!"

그러자 엔데아는 콧방귀를 뀌고서 앨빈을 깔보며 말했다.

"아직도 생각이 안 나? 이 얼굴을 보고도 모르겠어? 너랑 똑같이 생긴 이 얼굴을 보고서도……. 아니면 뭐? 너한테…… 나는 그렇게나 의미 없는 존재였던 거야?! 진짜 너무하네!"

이쯤 되면 분노를 넘어서 증오였다.

그런 강렬한 감정을 정통으로 받고 주춤하는 앨빈에게.

엔데아는 단숨에 말했다.

"나는— 엘마. **너의 쌍둥이 동생이야**, 앨빈…… 아니, 알마 언니."

"……?!"

말이 안 되는 일이 벌어지고 있었다.

선왕 아르드의 자식은 앨빈뿐.

앨빈에게 자매는 존재하지 않는다.

그런데— 엔데아는 본인이 앨빈의 동생이라고 했다.

성왕 가문에 얽힌 끔찍한 어둠과 진실이.

지금, 바야흐로 밝혀진다—.

■ 작가 후기

안녕하세요, 히츠지 타로입니다.

이번에 『옛 원칙의 마법기사』 4권이 무사히 간행되었습니다! 편집 및 출판 관계자분들, 독자님들, 정말로 감사합니다!

저도 데뷔한 이래 꽤 많은 책을 세상에 내보내서, 뭐랄까, 책을 내는 게 비교적 평범한 일이라고 착각하게 될 것 같지만, 책을 낼 수 있는 건 그것만으로도 정말 대단한 일입니다. 저를 지지해 주시는 모든 분에 대한 감사의 마음을 잊지 않도록 앞으로도 매진해 나가고 싶습니다.

각설하고, 이번에도 이야기는 쭉쭉 진행됩니다.

이번에는 이 『옛 원칙의 마법기사』라는 이야기를 기획했을 때부터 쓰고 싶었던 전개…… 앨빈이 자신이 여자라는 사실과 마주하는 이야기입니다.

지금까지 앨빈은 다양한 사람들의 협력으로 여자임을 숨기고 왕이 되고자 했습니다.

하지만 그건 어떤 의미에서 근본적인 문제를 외면하고,

현실 도피를 하고, 남들을 속였다고도 할 수 있습니다.

그래서 앨빈은 자신을 믿고 따라와 준 모든 이에게 죄책감을 느낍니다.

그것을 더는 숨길 수 없게 되었을 때, 왕에 대한 앨빈의 생각은, 왕으로서 걷는 길은 어디로 향하는가? 여자인 그녀에게 정말로 왕이 될 자격이 있는가?

망설이는 앨빈에게 이번에도 시드가 그녀를 섬기는 기사로서 확실하게 길을 보여 주고 길을 열어 줄 겁니다. 시드무쌍이 멈추질 않아요(웃음).

그런 통쾌한 기사도 이야기! 이번에도 즐겁게 보셨다면 작가로서 더없이 행복한 일입니다!

또한 저는 근황과 생존 보고 등을 twitter에 올리고 있습니다. 응원 메시지나 작품 감상 등을 보내 주시면 단순한 히츠지는 크게 기뻐하며 힘낼 겁니다. 유저명은 『@Taro_hituji』입니다.

그런고로 아무쪼록 앞으로도 잘 부탁드립니다!

히츠지 타로

옛 원칙의 마법기사 4

초판 1쇄 발행 2023년 4월 10일

지은이_ Taro Hitsuji
일러스트_ Asagi Tohsaka
옮긴이_ 송재희

발행인_ 신현호
편집장_ 김승신
편집진행_ 권세라 · 최혁수 · 김경민 · 최정민
편집디자인_ 양우연
관리 · 영업_ 김민원

펴낸곳_ (주)디앤씨미디어
등록_ 2002년 4월 25일 제20-260호
주소_ 서울시 구로구 디지털로 26길 111 JnK디지털타워 503호
전화_ 02-333-2513(대표)
팩시밀리_ 02-333-2514
이메일_ lnovellove@naver.com
ㄴ노벨 공식 카페_ http://cafe.naver.com/lnovel11

FURUKI OKITE NO MAHO KISHI Vol.4
ⓒTaro Hitsuji, Asagi Tohsaka 2022
First published in Japan in 2022 by KADOKAWA CORPORATION, Tokyo.
Korean translation rights arranged with KADOKAWA CORPORATION, Tokyo.

ISBN 979-11-278-6806-2 04830
ISBN 979-11-278-6372-2 (세트)

값 8,500원

변변찮은 마술강사와 금기교전 1~20권

히츠지 타로 지음 | 미시마 쿠로네 일러스트 | 최승원 옮김

알자노 제국 마술 학원의 계약직 강사인 글렌 레이더스는 수업 중
자습 → 취침 상습범.
그러다 웬일로 교단에 서나 싶으면 칠판에 교과서를 못으로 고정해놓는 등,
그야말로 학생들도 기가 막혀 하는 변변찮은 강사다.
결국 그런 글렌에게 진심으로 화가 난 학생,
「교사 킬러」로 악명이 자자한 시스티나 피벨이 결투를 신청하지만—
이 해프닝은 글렌이 허무하게 패배하는 안타까운 결말로 막을 내린다.
하지만 학원에 닥친 미증유의 테러 사건에 학생들이 휘말리자,
"내 학생에게 손대지 마!"
비로소 글렌의 본성이 발휘된다!

TV애니메이션 방영 화제작!!

라이트노벨의 새로운 빛! L노벨의 신간은 매월 10일에 발매됩니다. http://cafe.naver.com/lnovel11

곰 곰 곰 베어 1~19권

쿠마나노 지음 | 029 일러스트 | 김보라 옮김

게임이 현실보다 재밌습니까?―YES
현실 세계에 소중한 사람이 있습니까?―NO

……온라인 게임 설문 조사에 대답했을 뿐인데
말도 안 되는 이세계(아마도)로 내던져진 나, 유나.
은톨이 경력 3년의 폐인 게이머.
맨 처음 장착하게 된 장비템이 『곰 세트』라니……
이게 무어야―!?
하지만 세고 편하니까 뭐, 괜찮으려나?
울프를 쓰러뜨리고, 고블린을 쓰러뜨리고
극강 곰 모험가로서 일단 해볼까요.

은둔형 외톨이 소녀, 이세계에서 무적의 곰 모험가가 되다!

아빠는 영웅, 엄마는 정령, 딸인 나는 전생자. 1~7권

마츠우라 지음 | keepout 일러스트 | 이신 옮김

연구직에 몰두하던 전생(前生)을 거쳐 전생(轉生)했더니
원소의 정령이 되어 있었습니다.
아버지는 전 영웅이고 어머니는 정령의 왕.
저 또한 치트 능력을 받았습니다…….
아버지와 어머니, 그리고 정령들에게 사랑을 듬뿍 받으며
쑥쑥(본의 아니게 겉모습만 빼고!) 자라던 어느 날,
아버지와 함께 방문한 인간계에서 어쩌다 보니 임금님의 주목을 받게 되고,
그 탓에 가족이 위기에……?
"확실히 부숴버릴 테니 각오해 주세요."

**정령 엘렌, 전생의 지식과 정령의 힘을 구사하여
소중한 가족을 지키겠습니다!**

새 엄마가 데려온 딸이 전 여친이었다 1~7권

카미시로 쿄스케 지음 | 타카야Ki 일러스트 | 이승원 옮김

어느 중학교에서 어느 남녀가 연인 사이가 되고,
꽁냥꽁냥거리다, 사소한 일로 엇갈리더니,
두근거림보다 짜증을 느낄 때가 더 많아진 끝에…… 졸업을 계기로 헤어졌다.
그리고 고등학교 입학을 코앞에 둔 두 사람은—
이리도 미즈토와 아야이 유메는, 뜻밖의 형태로 재회한다.
"당연히 내가 오빠지.", "당연히 내가 누나 아냐?"
부모 재혼 상대의 딸이, 얼마 전에 헤어진 전 연인이었다?!
부모님을 배려한 두 사람은「이성으로 여기며 의식하면 패배」라는
「남매 룰」을 만들지만—
목욕 직후의 대면에, 둘만의 등하교……
그 시절의 추억과 한 지붕 아래에 산다는 상황 속에서,
서로를 의식하고 마는데?!

라이트노벨의 새로운 빛! L노벨의 신간은 매월 10일에 발매됩니다. http://cafe.naver.com/lnovel11

© Koushi Tachibana, Tsunako 2022
KADOKAWA CORPORATION

데이트 어 라이브 1~22권, 앙코르 1~11권

타치바나 코우시 지음 | 츠나코 일러스트 | 이승원 옮김

4월 10일. 새 학기 첫 등교일.
이츠카 시도는 평소와 다름없는 일상을 보내고 있었다.
갑작스러운 충격파로 파괴된 마을 한가운데에서 소녀와 만나기 전까지는―

세계를 부수는 재앙, 정령을 막을 방법은 단 두 가지.
섬멸, 혹은 대화

정령과 만나게 된 시도는,
세계의 멸망을 막기 위해 데이트로 정령을 꼬셔야하는 운명에 처하게 되는데!?

세계의 멸망을 막기 위한 데이트가 시작된다―!!

 ANIPLUS TV 애니메이션 방영 화제작!!

전생 따위로 도망칠 수 있을 줄 알았나요, 오빠? 1~2권

카미시로 쿄스케 지음 | 키린 카케루 일러스트 | 송재희 옮김

나를 감금했던 동생이 이 세계 어딘가에 숨어 있다─.
고등학교를 졸업하고 5년간 여동생에게 감금당했던
나는 가까스로 도망쳤다가 트럭에 치여 이세계에 전생.
악마 같은 동생으로부터 겨우 해방되었다…….
자유로운 새 세상에서의 이름은 잭.
귀족의 외동아들로, 사랑 넘치는 부모님과 상냥한 메이드 아넬리의 보살핌 속에서
행복 가득한 새로운 인생이 시작되었을 테지만.
함께 죽은 동생도 이 세계에 전생했다.
이름도 생김새도 달라진 그 녀석이 어디 숨어 있을지 모른다.
하지만 내게는 신에게 받은 세계 최강급의 힘이 있다.

**이 능력으로 그 녀석을 물리치고
나는 이번에야말로 주위 사람들을 지켜 내겠다!**